今ここにいるぼくらは

川端裕人

集英社文庫

目次

今ここにいるぼくらは

I　ムルチと、川を遡る

南風の日にはうっすら潮の香りが漂う海辺の町なのに、海は見えなかったな。

そのかわりすぐ近くに山が迫っていて、海と山との間の狭い平野の小さな新興住宅街にぼくは住んでいたんだ。

まず川があったよ。家が密集している区画を一歩出ると、そこはもう田園風景で、たくさんの水田とため池があり、小さな子供たちの遊び場には事欠かなかった。その真ん中を流れていたのが川だったんだ。

川の名前は覚えていない。不思議に思うかもしれないけれど、本当なんだ。大人なら助走をつけてジャンプして渡れるほどの小川だったとはいえ、名前はあるはずなのにね。母さんや父さんは単に「川」と呼んでいたし、ましてやぼくの小さな世界の中ではただ一つの川だった。

ぼくは七歳だった。小学校一年生で、歳《とし》の割にはひょろ長い大きな体を扱いかね、なぜか踵《かかと》を大きく上げてぴょこぴょこと歩いた。三月の終わりに引っ越してきたばかりで、近所には同い年の友達がいなかった。それで、自然と独り遊びが増えていたんだ。

学校に通わない夏休みの間、お気に入りの遊び場がこの川だった。

でも、水に入って遊んでいたわけではないんだよ。それは母さんに禁じられていた。大人と一緒なら良いことになっていたけど、母さんはいつも家事やまだ小さな妹の世話に追われていたし、父さんは普段は夜遅く週末は疲れてごろごろしているだけだった。母さんと父さんが会話する時間すらほとんどなくて、ぼくには二人の仲が良いのか悪いのかさえ分からないくらいだった。遊んでほしいなんてどちらにも頼める雰囲気じゃなかったんだよ。

そんなわけで、ぼくは独りきりで遊んだ。

母さんが許してくれていたのは、川沿いの土手の上で、それも家を中心にして上流と下流それぞれ二百メートルくらいのあいだだけだった。上流側は川を渡る道路で区切られていて、橋の欄干にもたれて見上げると、川が延々とつながって近くの山の方から流れてきているのが見えた。下流側は住宅街の切れ間が境界で、そこから先、川は水田の間を蛇行しながら草地の中に消えていた。こんなわずかばかりのまっすぐな世界だけれど、それをぼくは特に不満には思っていなかったよ。七歳の子供には充分に広く、虫取り網を振って駆け回るのに不足はなかったからね。

時々、南風に運ばれてくる潮の匂《にお》いをかぎ取って、胸がざわめくこともあった。里山に消える川の行方をじっと見つめて吸い込まれそうな気分になることもあった。でも、ぼくの世界はとりあえずこの中に収まっていて、そこから先には目に見えない壁があったのだと思うんだ。どことなく不安で、ソワソワ、ドキドキ、落ち着かない気分になることはあっても、壁の向こうに踏み出そうって、自分からは絶対に思わなかったのだからね。

その頃《ころ》ぼくはもう小学校低学年用の本なら一人で読めたから、遠い南極で冒険をした白瀬《しらせ》中尉や、漂流して世界を見たジョン万次郎《まんじろう》や、アフリカで病気と闘った野口英世《のぐちひでよ》や、孤島で二年間生き延びた十五少年のことなどはよく知っていた。知っているどころか、彼らのファンだったよ。いつか自分も遠い世界で冒険すると決めていたし、そうじゃなかったらつまらないと思っていた。

でもね、その時、分かっていたのは、その「いつか」は、今許されている見通しのいいまっすぐな世界の外にあるってこと。

ここは安心できる場所だった。夕方、ほの暗い水に落ちることに気をつければ、ほかに危険なことは何もなかった。たくさんの素敵な虫がいて、大声で母さんを呼べば返事がすぐに戻ってきた。ぼくは母さんの言いつけ通りに留まって、満ち足りていた。

つまるところ、ぼくはまだ七歳にすぎず、与えられた小さな世界のことだけで手一杯だったんだ。「いつか」は、想像の世界にしかない本当にただの「いつか」であって、自分の小さな手でたぐり寄せることなんて考えもしなかった。

少なくともその日まではね。

1

夏休み中、母さんは博士《ひろし》を幼稚園の頃と同じように昼寝させたがった。博士は嫌で仕方がなかったのだけれど逆らうことが出来るわけでもなく、その日も遅めの昼ご飯の後に二時間ほど昼寝をした。だから、おやつのプリンを食べて外に出た頃には、もう太陽がすこし赤みがかっていて、とても損をした気分になったのを覚えている。

手にしていたのは白い虫取り網と緑色のプラスチック製虫籠《むしかご》だ。川の土手に駆け上り、家よりもすこし下流まで走っていくと、バッタたちが逃げまどってほんの短い距離を飛んでは草にしがみついた。博士はそうやって、体の大きそうなトノサマバッタやショウリョウバッタを目でより分け、狙《ねら》いを付けるのだった。

いきなり大きなトノサマバッタに出会った。普通の緑色ではなくて、灰色にも茶色にも見える特別なやつだった。網の一振りで見事に捕まえると、虫籠に入れ、空にかざして、仮面ライダーに似た顔をじっくりと見つめた。格好良いし、すごくきれいだ。長く飼うと死んでしまうのは分かっていたけれど、またいつものように持ち帰って母さんに見せたくなった。母さんが嫌いなのは知っているくせに。

そんな時、下流の方からがやがやと声が聞こえてきた。

博士は、思わず身構えた。このあたりには五年生の三人組がよくやってきて、顔を合わせるとあれこれからかわれたりする。特に体が大きくて粗暴なムルチは苦手だった。前に立つだけで膝《ひざ》が震えて、どんな意地悪をされるかと泣きそうな気分になった。

声の主は、やはり例の三人組だった。土手の下にある川との間の細い道を歩いてくる。彼らは住宅街に六年生の男子がいないこともあって、名実ともにガキ大将グループなのだった。ムルチが先頭で、長い木の枝を指揮棒みたいに振って草をなぎ倒しつつ大股《おおまた》で歩いていた。

見つかったら、トノサマバッタを取られるかもしれない。それは絶対嫌だ。

逃げようと思ったけれど、その前に目が合ってしまった。ムルチは意地悪そうな感じで口を歪《ゆが》めて笑い、それだけで博士は体が凍りついてしまうのだ。

「おーい、ハカセか、なにやっとんじゃ。またバッタでも採っとるんか」

ムルチは大股で土手を駆け上がってきて、虫籠の中を覗《のぞ》き込んだ。

「しょうむないなあ。ほんまガキやわ。バッタなんか採って、何が楽しんじゃ」

博士は唇を噛《か》んでうつむいた。でも、トノサマバッタをよこせと言われるよりはずっといい。

「あのな、わしら、探検するで、探検や。すごいやろ」

思わずムルチの顔をまじまじと見てしまった。ギョロリとした目をしていて怖いのだけれど、それ以上に口に出された「探検」という言葉が腹に響いてきたのだ。なんなんだろう。ひどく落ち着かなくてじりじりした感じと、見知らぬものを目の前にした時の胸が高鳴る感じが混ざってる。

「どこいくん。どこに探検にいくん」

博士が言うと、ムルチはふんっと鼻を鳴らした。体を斜に構えて、でも得意げだ。

「この川な、どこから流れて来とるか知っとるか」

「知らへん」

「川の始まりを見つけるんや。この川の土手をずっと歩いていったら、そのうちに山になって、川の始まりまで行けるやろ。それを見つけたるねん」

最初は何のことを言っているのだろうと思った。川というのは博士にとって、家の近くの数百メートル分でしかなかったし、それ以外は頭の中の地図になかったのだから。

「あのな、川には水が流れとるやろ。どこかにその始まりがあるはずや。大人に聞いても、誰《だれ》もしらへん。なら、わしらが調べたろ。ハカセはまだ小さいからこういうの分からへんやろけどな」

話を聞いているうちに、博士の頭の中にあった見えない壁がすーっと取り払われ、川の向こうの里山の姿が迫るように目に入ってきた。これまでそれはただの風景だった。でも、今はのし掛かるみたいに大きく見えて、それにもまして魅力的な未知の世界に思えた。十五少年だって、流れ着いた島を探検したじゃないか。

「ま、ええわ。じゃあな、おっきいバッタ探しや。今言うたこと、大人には秘密やで。途中で連れ戻されたらかなわんからなぁ」

子供の割に掠《かす》れてドスの利いた声で言い残して、ムルチは背中を向けた。

本当ならそれでほっとするところだった。ムルチが別に意地悪を仕掛けるわけでもなく、立ち去るなんて珍しいのだから。でも、博士は心の中で何かが膨《ふく》れあがるのに気を取られていた。

母さんにダメだと言われている向こうには何があるんだろうか。

行ってみたいと思う。

そんな気持ちが自分の中に眠っているとは知らなかったし、その時はそうはっきりと分かってもいなかった。けれど、口をついて言葉は出てきた。

「つれてってんか」

ムルチが振り向いて、はあ？　と口をひんまげた。

「一緒に行ってもええやろ。十五少年にはぼくみたいな小さい子もおったよ」

「なにアホなこと――」

腹を押さえて、ムルチがくくと笑った。

「つれてって」ともう一度同じことを言う。それも強く。

「なんや本気か。あかんで、途中で戻ったりできへんのやで。最後までぜったいに行くんや。どうせ、おまえは泣くやろ」

博士は唇をぎゅうと嚙んだ。たしかに自分は泣き虫だ。ハカセと呼ばれるのは虫や動物や怪獣や恐竜のことに詳しいからで、でも、そう呼ばれた時にどことなくバカにされたような気分になることがある。特にムルチが言うと、そうだった。

「泣かへんもん」

「あかん、あかん。一年生連れてったら、こっちが大変や。ハカセはここでバッタ追いかけとったらええんや。大きくなってから、探検したらええやろ。さ、行くでぇ」

ムルチは木の枝を振り上げて、歩き出した。その後に二人が続く。博士は慌てて後を追った。

「帰れ、シッ、シッ」ムルチは木の枝を振って追い返そうとする。

「いやや、ついていく」

博士は普段はこんなふうではない。先生でも上級生でも、言われたことには素直に従う方だ。でも、この時ばかりはなぜか意地になってしまった。

何度も追い払われて、それでもあきらめずについていくと、ムルチと一緒に歩いていた五年生の一人が振り向いてこっちに近づいてきた。猿山《さるやま》という名前で、本当にサルみたいな顔だから、サルと呼ばれていた。東京からの転校生だという噂《うわさ》だけれど、たしかに喋《しゃべ》っている時に変な言い方をすることがあった。博士にとっては比較的話しやすい上級生だった。

「泣かへんて、約束するか」とサルは言った。

「ほな、約束や」

「泣かへんで」

顔をくしゃくしゃにして笑ってから、サルは大声を張り上げた。

「なあ、連れてったろや。別にいいじゃん。わしは行きたいゆうのを、来るなとはよういわん」

ムルチが振り向いてすごい形相で博士を見た。博士は今度は本当にすくみ上がりそうになった。

「泣かへんわ」

博士はなんとか目をそらさずに言った。体が熱くなり、膝が震えた。それでも目だけはそらさなかった。

ムルチは何も言わなかった。ただギョロ目で博士を見つめ、そのうちにぷいと前を向いてまた歩き始めた。すると、サルが「ほな、いこか」と言って、ぽーんと肩を叩《たた》いた。

博士は慌てて後を追いかけた。ムルチはもう振り返らず、そのまま歩いていく。認めてくれたのか分からなかったけれど、少なくとももう枝で追い払ったりはしなかった。

「そういうことや。泣いたらあかんで」耳元でサルが言った。

小走りになりながら、体の奥から熱い気持ちがこみ上げてきた。ぼくらは探検隊や。誰もしらへんとこを目指す探検隊や。本の中に書いてあったような探検の旅に出かけるんや。

ちょうど家の前を通ったとき、母さんの声が「ひろしちゃーん」と呼び掛けるのを聞いた。

博士はそれを無視した。ムルチが振り返って「ひろしちゃーん」と真似《まね》をしたので、かーっと血が上って顔が真っ赤になった。そういえば、きょうは夕方から祖母の家に行くから早めに帰ってくるように言われていたのだ。でも、そんなこと関係なかった。博士はとにかく母さんの声から逃げたくて足をさらに速めた。

普段は車通りの少ない橋を大きなトラックが大きな音をたてて渡っていった。それが母さんの声を消し去って、博士はなんとか逃げ切った。

土手の下におりて橋をくぐり、また土手に上がると、そこは決められた世界の外だった。川の源へと続く道がまっすぐ続いていた。

2

しばらくは似た風景の中を歩き続けた。両側は水田で、所々ため池も見える。やがて左手にパン工場が迫ってきた。太陽は少し傾いたとはいってもじりじりとうなじを焼いて、体全体からうっすら汗を噴いていた。

先頭に立っているのは相変わらずムルチだった。その後ろに二人の五年生、サルとブンちゃんが続いている。ブンちゃんは五年生の割には小さくて、ちょっと太っており、ぴっちりしたランニングシャツを着ていた。いつもへらへらしていて、低学年の生徒からもちょっとバカにされたようなかんじで「ブンちゃん」と呼ばれていた。

サルは時々、振り向いて博士が遅れていないことを確認してくれた。かといって足を緩めてくれるわけでもなく、博士は時々、小走りになりながらついていくのだった。

「止まれー、最初の難所やでー」ムルチが大声で言った。

ちょうど左側にはパン工場、右側には大小いくつかのため池があった。ここまで一直線に続いてきた土手の上の道は、湿地に生えた旺盛《おうせい》な草むらの中に消えており、いったん川を渡って逆側に出ないと先に進めないのだった。川が緩やかに曲がっていて、カーブの内側には水が止まって淵《ふち》になっているところがあった。水面が暗く、なんとなく嫌な感じがするところだ。

「ええかあ、ここでおぼれ死んだやつが何人もおる。なんでかというとやなあ、ドウモウな魚がすんどる。ピラニアみたいなやつじゃあ。食われたら骨しか残らん。でもな、ここを通られへんかったら先には行かれへん。みんな、覚悟はええやろな。いくでぇ」

「ほんまにピラニアがおるんか」とブンちゃん。むき出しの肩を抱いて震えてみせる。

「ブン、おまえ、先にいかんか」とムルチが言って、ブンちゃんは一歩後ずさった。

「よう行かんわ。ピラニアにやられたら、骨だけにされるんやろ」

「ピラニアちゃうで、雷魚《らいぎょ》じゃん」と声をあげたのはサルだった。「雷魚はもともと日本の魚ちゃう。昔はパン工場が輸入して、池で飼っとったんが、台風の時に逃げたんやて。それから川にもため池にもたくさんおるようになったって、工場に行ってる隣のおばちゃんが言っとった」

「雷魚って、人間は食べへんのやろな」とブンちゃん。

「どや、ハカセ。なんか知っとるんちゃうか」

サルに言われて、博士ははっとした。そういえば、ずっと前にサルと登校の時に一緒になって、川やため池にいる魚について話したことがあった。

「雷魚ゆうても、このへんにおるんはカムルチって種類や。えらいキョウボウなんやでぇ」

「ほう、さすがにハカセはよう知っとうな」

　ムルチに誉《ほ》められて、嬉《うれ》しかったのと同時に、少しおかしくなった。なぜって、博士が雷魚のことに詳しいのはムルチのせいなのだ。

　といってもガキ大将のムルチではなくて、ウルトラマンの巨大魚怪獣のムルチだ。てらっとしたかんじの体に尖《とが》った顔、ギザギザの歯がついていて、がっと口を開いたところが猛烈に怖い。怪獣ムルチが登場したのは「怪獣使いと少年」という回で、博士はひと目見ただけで惹《ひ》きつけられた。それで名前が似ている魚のカムルチのことだって調べたし、ガキ大将に心の中でムルチというあだ名を付けたりしたのだった。

　実はガキ大将のムルチは怪獣ムルチに似ているのではない。怪獣ムルチを封じ込めている怪獣使いの爺《じい》さんとギョロリとした目が似ているのだ。その爺さんは実は宇宙人で、河原に住んでいる孤児の少年を守ろうとして警官に射殺されてしまう。そのシーンが博士にはあまりに衝撃的で、見終わった後しばらく口を利けなかったほどだった。

「なんや、気色《きしよく》悪いやないか、にやにや笑いよって。で、ハカセ、カムルチは何を食べとんじゃ」

　博士ははっとして、ムルチのギョロ目を見上げた。

「ほかの魚とか、ザリガニとかや。人は食べへんと思うで」

「なら、ハカセに最初に行ってもらおか」

ムルチは口元を歪ませ、嫌な笑いを浮かべた。

「人が溺《おぼ》れたん、ほんまやろか」博士は気弱な声を出した。

「ほんまや。昔、何人も死んだてオヤジが言うてた。ええか、オヤジは工事の現場の仕事やから、死んだ奴《やつ》のこと、ぎょうさん知っとるんじゃ」

訳の分からない理屈だったけれど、博士は足がすくんで涙が溢《あふ》れそうになった。水が淀《よど》んでいるあたりはすごく深そうな気がするし、だいたい博士はまだ泳げない。

「なんや、やっぱり弱虫やないか。すぐ泣くんやろ」

「泣かへんもん」博士は弱々しく言った。

「こんなんで、へこたれとったら、探検なんかできへんで」

ざっと水飛沫《みずしぶき》があがった。川面《かわも》を見ると腰まで水に浸《つ》かってサルが手招きしているのだ。

「ああ、平気じゃん。ちゃんと足つくやんか。さっさとみんな渡ってまおや」

「なんや、つまらん」

ムルチが舌打ちするのに合わせたみたいに、博士はぴょんと跳ね上がった。その勢いで土手を下りて水に入る。七歳にしては背が高いといっても、水は胸の下まで来た。夏なのにひどく冷たい水だった。川底に靴がずぶずぶとめり込んで、抜けなくなった。虫籠が水に浮き、中のトノサマバッタが暴れた。博士はまたもや泣きそうになった。

腕を摑《つか》まれた瞬間、反射的に足に力をこめた。すると泥の中から右足が抜けた。つま先で川底を確かめて、ちゃんと固いところにつけ、今度は左足を引き抜いた。淀みを抜け出して、水は腰ほどまでになっていた。

「気をつけや」とサルが言って、そのまま川を横切っていった。

博士は急いでサルを追った。最初の淵の部分だけは難しかったけれど、その後は足場がよくなって全然怖くなかった。対岸は川の水が溢れ出した浅く生ぬるい湿地がだらだらとため池の方まで続いており、乾いた地面にあたるまでしばらく歩かなければならなかった。

突然、水に浸された足首にゴツンという衝撃を感じた。思わず足を引き抜いたけれど、別になんともない。次に大きなものが跳ねるばしゃっという音がした。

あっ、と博士は声をあげた。

水の中に蛇の顔があった。それもすごく大きい。

銀色の体に細長い菱形《ひしがた》の模様があって……違う、蛇じゃない、カムルチだ。

「うわあっ」と博士は叫んだ。「カムルチや！　カムルチがおるでぇ」

水飛沫をあげてみんなが走り出した。博士だけが取り残されて、あわてて後を追った。

「なんや、やっぱり怖いんやんか」息を切らせてムルチが言った。

「ちゃうわ。こわなかったで」

本当にそうなのだ。博士が叫んだのは別に怖かったわけではなく、目の前の大きな魚のことを心底凄《すご》いと思ったからだ。みんなが見たら喜ぶだろうと思って、思わず大声を出しただけだ。

「なにゆうとんねん。さっきは深みで泣きそうになっとったくせに」

それは本当なので博士は何も言えなくてうつむいた。すると、たまたまブンちゃんの半ズボンの下の脛《すね》あたりに小さな緑色のものがみえた。

「ブンちゃん、なんかついとるで。あ、それ、ヒルちゃうか」

博士が言うと、ブンちゃんは濡《ぬ》れたランニングの裾《すそ》を絞る作業を中断して腰をかがめた。

「あ、ほんまや」とこともなげにぬらぬらした塊を摘《つま》み上げて、ほうりなげた。

ムルチがうわっとばかりにのけぞった。別にムルチの方に投げたのではないのに。

「そこにもついとる」とサルが言った。ムルチの左のふくらはぎを指している。

ムルチは体を捻《ひね》って確認すると、「あっ、あっ」と跳びはねて足を振り回した。でも、ヒルはそんなのじゃ取れない。

「うわー、取ってんか、取ってんか。気色わるっ。はよ取ってんか」

顔色が真っ青だ。博士は歩み寄って指先で摘み上げ、ぽいと投げ捨てた。博士は別にヒルだろうが、ナメクジだろうが、ミミズだろうが、毛虫だろうが、昔から平気なのだ。

ヒルはもうかなり血を吸っていたらしく、傷口からは血が流れていた。濡れたふくらはぎに赤い色が広がって痛々しかった。近くにあった草の葉を揉《も》んですりつけて血を止めた後で、ムルチはどっかと座り込んでしまった。なんか肩を落として気落ちしてしまったみたいで、ため息なんかついている。探検をやめるって言い出すんじゃないかと思って、博士は気が気ではなかった。

ずっとムルチを見ていると、うつむいたまま唇を動かしているのが目に付いた。ぶつぶつ何かを言っているみたいだけれど、ここまでは聞こえてこない。なんかすごく変だ。ムルチはおかしくなっちゃったんじゃないだろうか。

しばらくして、ムルチが博士を見た。

「なんや、その顔は」

「あ、あ」と博士は何も言えずに後ずさった。ムルチの顔がとても怖かったのだ。

「なに心配そうな顔しとるんじゃ。ええ加減にせえ。さ、いくで。探検や」

ムルチはふんと鼻を鳴らすと、さっさと立ち上がって歩き始めた。

すごい早足で、博士はほっとするよりも先に駆け出さなければならなかった。

3

湿地を大きく迂回《うかい》するとまた川沿いの道に出た。今度は土手がなく、格段に細くなった川の際をそのまま歩いていく。片側には舗装されていない道路が並行していて、人通りもあった。だから、まだ遠くまで来たという感じはしなかった。胸から下のほとんどが濡れており、靴の中の水のせいで歩くたびにかぽかぽ音を立てた。足の生ぬるく粘った感覚は普通だったらすごく嫌なものなのに、全然気にならなかった。

博士は虫取り網を掲げて振りながら歩いた。ムルチはさっきの一件で木の枝を置いてきてしまったから、探検隊の中でただひとり旗を振っている気分で、意気揚々としたものだった。

どんどん歩こう。遠くへ行こう。川が始まるところを見てやろう。自然と言葉が歌になって唇からこぼれ落ちそうだった。

土埃《つちぼこり》が舞い上がっているのが前方に見えた。

その中から小さなトラクターが現れた。いろいろな機材を積んだリヤカーを牽引《けんいん》して、ゆっくりと進んでくる。すれ違う時に博士の鼓動が高鳴った。

同じクラスの由美《ゆみ》ちゃんがいたのだ。リヤカーの上にちょこんと座って細長い足を前に投げ出している。夏休みに入ってから登校日以外には会っていない。少し見ない間に背が伸びた感じがするし、髪を後ろで束ねて上げてあるのがすごく大人っぽかった。クラスで一番可愛《かわい》いと博士は思っていて、でも、それを口にしたことはない。

目があった時、博士は自然と胸を張った。ずぶぬれで、足なんて泥がついていて、みすぼらしいはずなのに、それが逆に誇らしくて、ますます大きく網の柄を振り回しながら進んだ。

ほら、見てや。探検隊やで。川の始まりを見つける探検隊やで。

心の中でそう叫んだ。

結局、会釈すら交わすことなくすれ違った。サルに頭をはたかれた。

「なんかえらそうじゃん」

それでもしばらくは網を振り続けた。疲れて腕がしびれてくるまでそうしていた。

延々と歩き続けるが、風景は変わらない。里山は意外に遠いのだ。太陽がさらに低くなっているのを感じて、ほんの少し不安が頭をもたげた。

博士は俯《うつむ》いて虫籠の中のトノサマバッタを見た。長い間揺られ続けてぐったりしていたけれど、隙間《すきま》から指の先でつっつくと途端に生き返ったみたいに跳びはねた。それを見て安心した。年長のガキ大将との探検に加わったのは博士だけじゃないのだ。家の前から連れてきたトノサマバッタと一緒に、ひたすら先へと進むのだ。

ムルチはずっとむっつりしたままで、ブンちゃんとサルが軽口をたたき合っていた。

「川の始まりってゆうたら、水が甘いんやと。コーラやオレンジジュースよりもうまいって、かあちゃんがゆうとった」

ブンちゃんの言っていることは、なんとなく低学年みたいだと博士は思った。

「そんなわけないじゃん。ブンはかつがれとるんや」

「そうかもしれんわ。父ちゃんは、最初の一滴は甘いんやのうて、酒やってゆうてたしな」

「うーん、どっちにしてもぱっとしねえじゃん。なあ、ハカセはどうなん。どうしてついてきたん。探検が好きなんか」

突然話を振られて、博士はどぎまぎした。なかなかうまく言葉が出てこない。というか、なぜなのか自分でも分からない。

「なんや、ハカセやったらいろいろ考えとるのかと思ったで。つまんないじゃん。そや、家の前通る時、母さん、呼んどったやろ。今頃心配しとうんちゃうか」

博士は首を横に振った。母さんのことを今は考えてはいけないとどこかで思っていた。考え始めたらきりがない。

それに、母さんはムルチとは遊ぶなってよく言っているのだった。ムルチは新興住宅地の区画の中でただ一ヶ所古くからある長屋に、父親と二人で住んでいる。そこの住人たちは、とにかく喧嘩《けんか》早くて評判が悪い。おまけにムルチの父親は有名な酒飲みだった。だから、博士がムルチについていったと知ったら、母さんは怒るに決まっているのだった。

「なら、そっちはどうなん。考えとうの」

博士は必死の思いで言葉を絞り出した。

サルはふふん、というかんじで「当たり前じゃん」と応《こた》えた。

「川はな、流れていくと海につながるやろ。逆に源まで行ったらどうなると思う」

「どこから水が湧《わ》いとるんやろ」と博士。

「そやけど、そっから先の話」

「土ん中で甘い水をつくっとるモグラの一族かなんかがおって……」

「アホか！」

サルがブンちゃんの頭をはたいて、空を指さした。

「雨がふるじゃん。それが土の中に入って地下水になって、また表に出てきたのが集まって川になるわけや。とすれば、川は空から降ってくる」

サルはニヤリと笑った。すごく真面目《まじめ》なことを言ってるくせに思い切りサルっぽくなる。

「よう考えや。つまり、川というのは、空から来て、海へ行くもんや。空と海とをつつなぐもんや。としたら、きょうわしらは、山を登って空まで行くってことになるじゃん」

博士は思わず空を見上げた。

「すごいわ。空に行くんかぁ」

探検の意味がにわかにぱっと色づいて、まるでこれからロケットに乗って月に行くとでも言われたみたいに胸が高鳴った。

ふたたび気持ちが乗ってきたので、虫取り網を旗のように振る。どんどん歩く。靴はやっと水気が抜けて、湿ってはいるけれど、かぽかぽ間抜けな音を立てなくなった。かわりにさっ、さっ、と草を擦《こす》る軽快な音が続いた。

突然、前方からざっと強く地面を踏みしめる音が響いた。

ムルチが立ち止まり、こっちを振り向いた。

「理由なんてどうでもええんじゃ」

低く掠れた声なので、それだけで凄んでいるように聞こえた。いや、本当に凄んでいたのかもしれなかった。目はいつにも増してギョロリと剝《む》いて、口元はねじれそうに歪み、どことなく思い詰めた風でもあった。

「また難所やで。ここからは、難所につぐ難所や。音を上げたら連れていかへんで」

ムルチの背後には間近に迫った里山が覆い被《かぶ》さっていた。

4

里山は昼でも薄暗い。夕方が近いとなるとなおさらだ。

雑木林を縫って頂上まで続く細い道がある。でも、川を追いかけていくためにはその道をすぐに捨てて、さらに暗く、足下の悪い林の中を歩かなければならなかった。ここまで来ると川は博士でも跳び越せそうなほど細くなっていたけれど、水の量は結構なものでまだまだ終点は遠そうだった。

林の中はひんやりしていた。さっきまでは低くなった太陽の光が体に当たってぽかぽかしていたのに、ここでは濡れたシャツや半ズボンが肌寒いほどだった。地面は湿って気持ち悪く、また、体の大きな蚊がたくさん飛んできて剝き出しの足や手や首筋を片っ端から刺していった。蚊を叩くビシャッという音がいつも誰かから聞こえてきた。

ムルチは足を緩めない。ヒルのことはあんなに怖がったのに、蚊は全然気にならないらしい。遅れないためにはブンちゃんとサルも小走りになるし、すると博士は時々本気で走らなければならなかった。

博士は歯を食いしばって三人を追い続けた。気を抜いたら置いていかれてしまう。ムルチは待ってくれないに違いない。こんなところでほったらかしにされたら大変だ。

虫籠が上下左右に揺れるものだから、トノサマバッタは中で激しく跳びまわっていた。虫取り網は木の枝にしょっちゅう引っかかっては騒々しい音を立てた。

サルもブンちゃんも無口だった。きっと話をしてる余裕なんてなかったのだ。博士なんて話すどころか、考える余裕さえなかった。ただ目の前には足下の悪い上り坂があって、それをずっと走り続けるだけで目一杯だった。自然と泣きそうになって、それでも泣かないと約束したことだけは心の底に根を張っていて、ぐっと涙を押し殺した。

斜面はどんどんきつくなり、流れも速くなっていった。川が小さな谷を刻んでいるために、迂回してほとんど垂直の崖《がけ》を一メートルばかりよじのぼらなければならないところもあった。五年生たちはこともなげに出来たけど、博士ではそうもいかない。崖の断面から突き出している太い木の根に手と足をかけて、やっとの思いで体を持ち上げた。足には擦《す》り傷ができ、服は全部泥だらけになり、顔には蜘蛛《くも》の巣がまとわりついた。博士は悲鳴をあげそうになった。でも、そうすると泣いてしまいそうだと気づいて、やはり嚙み殺した。

博士がへとへとになってもうダメだと思った頃、ムルチがやっと立ち止まった。川沿いにはササがびっしりはえていて、それ以上は進めなくなっていた。

「また難所や。しゃあない、いくで」と言って、迷いもなく川の中に足をつっこんだ。そのまま脛までの水を蹴《け》りながら上っていく。サルがそれに続いた。でも、ブンちゃんが動かない。

「なあ、そろそろ帰らんか。ちょっと暗《くろ》うなってきたで」

ブンちゃんは、蚊に刺されて搔《か》きむしった跡のある肩に両手を回して震えていた。博士はそれで逆にほっとしてムルチを見た。

「何をゆうとんじゃ。一年生のハカセかて泣きもせんと来とう。な、ハカセ、おまええらいわ。ほめたる。それに比べてブンはどうじゃ。キンタマが縮みあがっとるんじゃろ」

ブンちゃんが鼻水をすすり上げ、「ちがうわい」といきり立った。

博士はムルチに誉められたことが嬉しくないわけではなかった。でも、もっと複雑な気持ちだった。

沢登りが始まった。滑りやすい苔《こけ》のついた石の上を一つ一つ跳び、ムルチについていった。ここではさすがにムルチもスピードを上げられなかったけれど、その分、博士がついていくのも大変なのだった。

博士は石から足を踏み外し、派手にすっころんだ。うわっと大声を出し、川底の石でざっくりと掌《てのひら》を切った。痛かった。でも、泣かなかった。ムルチがこっちを見ていたからだ。サルが、草の葉を揉んでくれて傷口に押しあてた。

「あ、ハカセ、虫籠どないしたん」

博士は言われたことが分からず、少し考えてから自分の腹を見おろした。

虫籠がなかった。プラスチックのひもが千切《ちぎ》れて、虫籠だけが消えていた。

頭の中が白く飛んだ。母さんが夏休みの始まりに百貨店で買ってきてくれたものなのだ。それにあの中には茶色い大きなトノサマバッタがいた。家の前で捕まえて、ここまで一緒に来たのに。

「行くで」ムルチが言い、博士はまた歩き始めた。

足もとがふらふらして何度も転びそうになった。でも、泣かへん、泣かへんと、口の中で繰り返して、そのせいでなんとかまっすぐ立って、歩き続けられた。サルが心配そうに手を差し延べてくれたけれど、博士はそれも無視して自分で歩いた。そうしなきゃならない気がしていた。とにかく川が始まるところまで行かなければ。そうすれば、ムルチも今度は帰ることを考えるはずだし、少し暗くなってもみんなと一緒なら安心なのだ。

視界が開けた。

踏み固められて歩きやすそうな山道が、川に寄り添っていた。

「なんや、ずっと道を通ってきたら、結局、ここに出たわけじゃん」

ムルチがぎろりとサルを見た。サルは言葉を呑《の》み込んだ。

難所は終わり、足下のしっかりした山道が続く。また川が谷を刻んだけれど、道は数メートル上にずっと続いていて、わざわざ川に下りることもなく歩き続けた。

赤い光が目の中に飛び込んできた。

それは、もうすぐ沈む太陽なのだった。

毒々しいまでに赤く染まった空の下、小さな箱庭みたいに世界が広がっていた。風に揺れる水田と、小さな屋根の群れ。赤黒い血流のような川と、さらに深く沈んだため池。大きなパン工場の少し先に、屋根瓦《やねがわら》が密集した新興住宅街があって、それは稲の海に浮かぶ島のようだった。博士の家は川沿いだけど、どれなのかは分からなかった。そんなことより、なんて小さなところにぼくは住んでいるんやろかと博士は思い、自分が大きくなったようにも、淋《さび》しいようにも感じた。

みんながしばらく放心したようにその光景を見つめていた。頑《かたく》なに先を急いでいたムルチさえ、食い入るようなギョロ目で見つめていた。

やがてムルチは眉間《みけん》に皺《しわ》をよせ、本当に怪獣使いの老人みたいな顔つきになった。またかすかに唇が動いて、声にならない言葉を吐き出した。

ナカヘンデ。ナイタラアカン。

気のせいかもしれない。ムルチの唇がそんなふうに動いたように思えた。

見てはいけないものを見てしまった気がして、博士はまた視線を風景に戻した。

風がひときわ強く吹いた。すると稔《みの》り始めている稲穂の先端が赤い光を宿して、風にあわせて水田の中を行ったり来たりした。さわさわという音が聞こえてきそうだった。

そして、それは突然やってきた。

ほんの一瞬のことだ。住宅街の建物はみんなきっちりした区画で同じ方向に建てられている。その屋根瓦がいっせいに夕陽《ゆうひ》を反射して、鈍い輝きを放った。

あ、とか、うわあ、とか誰からともなくうめき声のようなものが漏れた。

それに続いて、博士には聞こえたのだ。聞こえるはずもないのに、本当に聞こえたのだ。

笑い声だった。一人ではなくて、たくさんの人の笑い声だった。今、あの家々の中で、タンタンタンと長ネギが刻まれ、味噌汁《みそしる》のふんわりした湯気が漂い、お腹《なか》を空かせた子供たちが食卓に集まり、早く帰ってきた父さんと母さんが、きょうの出来事を楽しげに話している時のような、さりげないけれど満ち足りた笑い声だった。いくつもの家の中からあの屋根をアンテナにして、一気にここまで送り届けられたような、そんな感覚だった。

それが続いたのはほんの少しの間だった。博士は息を殺して耳を澄ましたし、それでも苦しくなることはなかったから、ほんの十秒か二十秒だったにちがいない。

やがて、笑い声は遠くなって、自分の心臓の音がかわりに聞こえてきた。

力強く脈動し、体の中を駆けめぐるものを強く感じた。

目眩《めまい》がした。

眼下を流れる赤黒い川も一緒に脈打っていた。

すると風の音が戻ってきて、お腹がぐうと鳴った。

太陽はもう地平線にかかっており、空はもう夜の色になりかけていた。

ナカヘンデ。ナイタラアカン。

さっき目に焼き付いたムルチの唇の動きを思い出した。不思議だし、それ以上に身につまされた。泣いたらあかんのは、ぼくや。ムルチがなんでそんなこと言うんや。泣いたらあかんのは、ぼくや。

博士の中の深いところで、もやもやとした感覚が急に大きくなって喉《のど》を突き上げた。考える間もなく、目頭が熱くなった。

泣かへんもん、と思った時にはもう涙がこぼれていた。手で押さえようとして、そんなことしても無駄だと分かり、すると、後から後から溢れ出した。

泣き声は出さなかった。でも、自然に裏返ったような声で、えっ、えっと嗚咽《おえつ》が漏れた。

「どうしたん」とサルが背中をさすり、「泣いとんでー」とブンちゃんが大声を出した。

ムルチがこっちを見た。さっき遠くを見ていたのと同じギョロ目だった。そら見たことか、というかんじ。

「帰れや」と言う声は意外に穏やかだった。

博士はイヤイヤするみたいに首を振った。帰れと言われても、これだけの距離を一人で歩き通す自信がなかった。ムルチたちと一緒じゃなければ帰れるなんて思えなかった。

「今ならまだ陽があるで。走ってけばええ。空が明るいうちにつく」

博士はまたも首を振った。もう何も考える力もなく、ただえっえっと声にならない声を立てるだけだ。

「帰れや！」ムルチが大声で叫んだ。

気圧《けお》されて博士は一瞬、泣くのをやめた。と同時に、息を呑んだ。ムルチの目尻《めじり》のあたりがちらりと光った気がしたのだ。

「わしらは最後まで行く。今日中に帰れるかわからへん。ハカセは今、帰り」

一転して穏やかに言った後で、ムルチは「もう二度と連れてけえへんからな」と石ころを蹴飛ばした。

博士は弾《はじ》かれたように跳び上がり、その勢いで走り始めた。

いくらなんでも今日中に帰れなかったら困るのだ。こんな山の中で過ごすなんて、ムルチやサルと一緒だとしても考えただけで怖かった。

5

沢を駆け下りる間に二度か三度は転んで膝を擦りむいた。

雑木林の中は真っ暗に感じられた。それでも水の流れが黒く光っているのを目印にしてなんとか走った。小さな崖になっているところで、木の枝に緑色の虫籠が引っかかっているのを見つけた。でも、博士はそれを取ろうともしなかった。

山を出る前にまた派手に転び、片方の靴が脱げた。ぱっと見てもどこにいったのか分からず、博士は残った方も脱ぎ捨てて裸足《はだし》になった。一歩ごとにかぽかぽ音を立てて脱げそうになっていたのから解放され速度はむしろ上がった。

草地の土手を走る頃には太陽は完全に沈んで、西側の空が赤く光るのが頼りだった。頭上には月があって、足もとに月影がくっきりと映っているような気がした。

泣いている場合じゃないのに、涙が次から次へと溢れ出して、鼻水と汗と混ざり合った。慌てているからしょっちゅう転び、そのたびに土や草や枯れ葉が顔に張り付いた。口の中はしょっぱくじゃりじゃりだった。

博士は目一杯の速度でただ走り続けた。右手に握りしめた虫取り網からぶんぶん風を切る音が聞こえてきた。走るには邪魔だったけれど、捨てなかったのはそのことにすら気づく余裕がなかったからだ。

気がつくとパン工場の近くだった。例の湿地と淀みのある難所だ。そこで人が死んだという話を博士は思いだした。

急に動悸《どうき》がして、膝に力が入らなくなった。それでも、必死に足を動かした。足が草に擦れると、ざあっと音がしてたくさんのバッタたちが飛び出した。いつもだったら網を振り回すのに、それどころじゃなかった。

水浸しの湿地に足を踏み入れたとたん、何かにつま先をひっかけてよろめいた。虫取り網を支えにして、なんとか倒れずに留まった。

いったん止まってしまうと、疲れがどっと背中にのし掛かって、足の裏もじんじん痛み、動き出すことができなかった。西の空の赤い光よりも、もう月明かりの方が強かった。しばらくその場に根を生やしたみたいに佇《たたず》み、どんどん淋しくなって、涙も止まらず、それでも動けなかった。

目の前でばしゃっと水を弾く音がして、草にしがみついていた大きなトノサマバッタの姿が急に消えた。そこから飛んだわけじゃない。ただ水飛沫があがって、消えてしまったのだ。

何が起こったのか分からなかった。ふと視線を感じて、背筋に冷たいものが走った。こんな時間にここで誰かと会うとしたら、溺れた人の幽霊に違いなかった。足首にコツンと何かぬるりとしたものがあたり、ひっと声を上げそうになった。

目の前の水面下に二つ、光るものがあった。息を詰めて見つめると、それは何かの魚の目のように思えた。右手の虫取り網をそっと動かして水の中に素早く差し込む。何かが網の中でもがき、すぐに静かになった。持ち上げるとずっしり重く、二つの黄色い目が目の前にあった。

大きな口の端から、トノサマバッタの脚がはみ出していた。本当に大きくて凶暴そうなのだ。月の光に銀色の体がてらてら光り、菱形の模様が蠢《うごめ》いた。重みを支える腕がすぐに痺《しび》れてきて、体全体が震えた。重いからというわけではなくて、この場所で湿地の主のようなカムルチと向き合っていることで自然と起こったことなのかもしれなかった。

博士の目は、カムルチの目に吸い寄せられた。とっても凶悪な雰囲気なのに、目だけがすごく静かだったからだ。

なんか淋しそうだと思った。

カムルチって、もともと日本の魚じゃないって思い出した。大陸から誰かが連れてきたのだ。だから、淋しいんやろか。ここは本来いるべき場所じゃないのだから。

なんや、ここで淋しい同士や。

不安と焦燥で押し潰《つぶ》されそうになっていた気持ちがふっと軽くなった。

カムルチが体をよじり、何度か口を動かした。トノサマバッタの脚が口の中に吸い込まれた。

次の瞬間、白い網の中で何かが爆発した。博士はそう思った。

カムルチが急に暴れたのだ。両手で支えていたのに網を弾き飛ばされた。自由になったカムルチはばしゃっと大きな音を立てて、そのまま気配を消した。

博士はまたも弾かれたみたいに走り始めた。

もう完全に夜だ。夜の淵を渡らなければならない。一番深くなっているところは川底が柔らかい泥で、行きの時と同じく足がずぶずぶとめり込んだ。慌てていたら両脚とも取られて、博士はここで溺れたかもしれなかった。

でもそうならなかった。さっきよりもずっと意識が冴《さ》え冴《ざ》えとしていた。左足が目一杯沈み込むのを待って、岸《きし》の草を摑み、思い切り右足を振り上げ、体全体で這《は》い上がった。小さな体がみしみしと軋みを立てるほど力強くしたものだから、勢いが余って向こう側に転がった。

家の前へとまっすぐに続く土手に立った時、博士は見るからに哀れな姿だった。全身ずぶぬれで、傷だらけで、泥だらけで、足には二匹ヒルが吸い付いていた。靴も履いていなかった。行く時には首から下げていた虫籠も、意気揚々と旗のように振った虫取り網もなかった。

それでももう泣いていなかった。まだ昼間の熱が残る土手の上をしっかりと踏みしめて走り続けた。やがて新興住宅街の灯《あか》りが目の前に広がり、「おったぞー、帰ってきよったぞー」と聞き知った近所の小父《おじ》さんの声を聞き、へなへなと力が抜けるのを感じ、「どこいっとったんや」と汚れた体を抱きしめる母さんの腕の中で、ふたたびわっと泣き出した。

川を遡《さかのぼ》ったぼくの探検話は、ざっとこんなかんじ。このあと小学校三年生の時、父さんの転勤で関東に引っ越すことになるから、ぼくは結局、この川の始まりを確かめることはなかった。それどころか、いまだに川の名前すら知らないんだ。

いくつか「その後」の話があるよ。

ぼくは帰ってすぐにシャワーを浴びて（その前にヒルに気づいた母さんが絶叫して、ぼくは慌てて引き剝《は》がしたよ）、新しい下着と服に着替え、食事をとった。同級生の由美ちゃんが上流でぼくたちを見ていたので、消防団の人たちが川沿いに探しに行って、ぼくとはどこかですれ違っていたことも教えられたよ。

そして、やっと人心地ついて、平静に戻った母さんに厳しく叱《しか》られていた頃、月明かりの夜道をたどって、ちょうどさっきのぼくと同じくらい哀れな姿でサルとブンちゃんが帰ってきたそうなんだ。当然、家の人は心配していたわけで、二人もまた、ぼくと同じようにそれぞれの家でシャワーを浴び、着替え、食事をして、最後は叱られた。それで一件落着だった。

ムルチだけは帰らなかった。ムルチはサルとブンちゃんが帰ろうと言っても絶対に最後まで行くと言ってきかなかったのだと、後からサルが教えてくれた。でも、ぼくはこの日のうちに、早く帰ってきた父さんから聞いてなんとなく分かっていたんだ。外では警察と消防団の人たちが行方不明の一人の子供を探して、川沿いを歩いているという。それが、ムルチのことだと。

その夜、ぼくは、ムルチが川の源にたどり着きそこから空を飛ぶ夢を見たよ。

以来、ぼくはムルチに一度も会っていないんだ。本当は明け方にとぼとぼと一人で歩いて帰ってきたと聞いているけれど、新学期にはムルチは学校に来なかった。酒を飲んだ父親に殴られて大けがをして入院したとか、施設に入ったとかいろんな説があって、どれが本当なのか分からなかった。ムルチが住んでいた長屋は取り壊されて、すぐに新しい家が五棟建てられた。そこに入居した同い年の子とぼくはずいぶん仲良くなって、そのうちムルチのことは忘れてしまったんだよ。

つい最近のことだけれど、水族館で偶然、雷魚をみかけた。解説板を読んで、あの頃住んでいたあたりの雷魚が、朝鮮半島から輸入されたカムルチではなくて、台湾のタイワンドジョウという種類だと知った。よく似ているから図鑑を見た当時のぼくが間違えるのも無理はないのだけれど、今さらタイワンドジョウだって言われてもなんか変な感じがして、ぼくは首をひねったんだ。

実はムルチのことを思い出したのもそのせいなんだよ。なんでこんなことに引っかかるのだろうと思っていろいろ考えるうちに、怪獣のムルチとガキ大将のムルチの顔が重なるように浮かんできた。そうしたら、川を遡ったあの日の体験もすごく鮮やかによみがえってきたよ。

ぼくは川の源にまでたどり着けなかった。河口の方もついぞ訪ねなかった。でも、ぼくは今ではとっくにあの時のムルチの年齢を超え、結果的に遠く旅をした。もっと大きな川を見たし、飛行機に乗って別の国にも行った。そして、今はきみとこの場所にいるんだ。

ムルチのことを思い出した夜、ぼくはまた川の源から飛び立つ夢を見たよ。

その夢の中でムルチは「ナイタラアカン」と呟《つぶや》きながら源まで歩き続け、その言葉を繰り返すうちにいつのまにかぼくになっていた。ぼくは今ならムルチがあの時、なぜ自分自身に言い聞かせるように呟いていたのか分かると思えたんだ。

やがて源流に降り注ぐ銀色の光に吸い上げられて、ぼくは空に舞い上がった。ひとしきり飛び回って満足してしまうと、朝露のように地面に舞い降りて、今度は川に流れ込んだ。そして、源から海へ、海から別の世界へと、泳ぎ続ける魚になった気がしたんだよ。

Ⅱ

サンペイ君、夢を語る

1

サンペイ君は、猫背で、痩《や》せていて、動作が鈍かった。おまけに、妙に鼻の下が長くて、夏でも鼻水を垂らしていた。いつもぼんやりしているから、成績も最低ライン。女の子には人気がなく、それどころか男子でも仲良くつき合っているやつはいなかった。とにかくぱっとしないものだから、クラスの中の位置関係としてかなり劣った場所に立たされていて、それでも、そんなことを気に病む様子もなかった。

トレードマークの麦わら帽子をかぶって登校すると授業中はほとんど窓の外を眺めて過ごし、授業が終わるなりそそくさと帰っていく。先生もあえてサンペイ君を指したりしないし、ましてや自分から手を挙げることなんてない。いるのかいないのか分からない、といったら、まさにサンペイ君のことだった。

博士の席からは斜め前に座るサンペイ君の後頭部がよく見えた。サンペイ君の髪はごわごわで、後頭部の右側にはいつも寝癖で斜めに畝《うね》が走っていた。そのとんでもなく硬そうな感じは目に焼き付いているのに、博士はサンペイ君の声をどうしても思い浮かべることができなかった。考えてみれば、五年生になってから一学期が終わるまで、ほとんど話した記憶がなかった。

実を言えば、博士はあえて話しかけないようにしていたのだ。福《ふく》ちゃんがサンペイ君のことを嫌っていたからだ。

「ナカタはほら吹きだぁ。口を開いたら大きいこと言うべ。ナカタはえんがちょだべ」

といって指をクロスさせる。

福ちゃんは、体が大きくて堅太りで、それなのに敏捷《びんしょう》で、いつもお日様の匂《にお》いがした。自分が強いのを自慢するわけではなく、面倒見がいい。例えば男子と女子が一緒にドッジボールをする時、強い球から女子を護《まも》ってあげたりするのはいつも福ちゃんだった。成績が良いというだけで学級委員長にされてしまった博士は、福ちゃんが協力的だと何事もうまく進むことに最初から気づいていた。その福ちゃんがなぜかサンペイ君にだけは手厳しいのだ。

「あいつの家には倉庫があって、そこにドラキュラが使っていたベッドがあるんだと」

福ちゃんは、幼稚園の時からサンペイ君と一緒なのでいろいろなことを知っていた。

「へえ、すごいじゃない。そんなの見てみたいな」と博士が言うと、あからさまに顔をしかめた。

「嘘《うそ》に決まってるべ。ほかにも、本物のロケットを持ってるとか、自分の体よりも大きな魚を釣ったとか、庭にガイコツが埋まってたとか、あいつはほら吹きだべさ」

博士はこの中の一つでも本当だったらそれだけですごいと思ったけれど、たしかに福ちゃんが言うとおり全部本当だとは到底思えなかった。

「だからな、ナカタには話しかけん方がいいべ。調子に乗ると、手ぇつけられん」

そうやって福ちゃんから釘《くぎ》を刺されると、言うとおりにしてしまう。実は博士にとってサンペイ君はどことなく気になる存在でもあって、時々、ふと話しかけてみたくなることがあった。でも、そんなことより、福ちゃんの機嫌を損ねたくなかった。

サンペイ君には、中田利也《なかたとしや》というちゃんとした名前があった。特別なあだ名はなく、ごくまれにみんなが話題にする時には「ナカタ」と呼んだ。親しみを込めて呼ばれることも、蔑《さげす》まれて呼ばれることもない、無色透明な呼び名だった。

二学期のうちに博士だけが、彼のことを本名とは関係ない「サンペイ君」というあだ名で呼ぶようになるのだけれど、この時点では博士はそんな展開を想像だにしていなかった。

きっかけは、ほんとうに偶然の出来事だった。

昼休みにドッジボールをするのが流行《はや》っており、みんな給食を終えるとすぐに校庭へと飛び出していった。参加しないのは男子では博士くらいで、女子も体育館でミニバスケをしたり、人気があった保健の先生のところに話をしにいったりしていたから、結局、教室に残るのは博士ひとりきりだった。人がいない教室は空気がひんやりして、博士はこの雰囲気が好きだった。

博士は運動には興味がなかった。五年生になって新任の柿崎《かきざき》先生の担任になってから、やたら体育に力を入れて、夏の水泳大会にまでクラス全員が出されたのは博士にとっては苦痛でしかなかった。だから、冬のミニバスケット大会のメンバーが希望者だけになった時には心の中で喝采《かっさい》していたくらいだ。

というわけで、今は穏やかな読書の秋だった。博士は給食が終わった後の静かな教室で、毎日、小説を読みふけった。以前から冒険小説が好きで、『宝島』『十五少年漂流記』のような古典から始まって、ノートンの『床下の小人たち』シリーズや、『ナルニア国ものがたり』のようなファンタジーの世界に羽ばたき、『冒険者たち』を経て、小松左京《こまつさきょう》の『青い宇宙の冒険』に出会ったのが決定的だった。もともと宇宙には興味があったせいもあって、SFにはまった。まず『キャプテン・フューチャー』に熱中し、やがて『火星のプリンセス』を皮切りにバロウズに傾倒していく。その日の昼休みは『地底の世界ペルシダー』を読み始めて二日目だった。ページを開くとすぐにのめり込み、主人公のデビッド・イネスが恐竜人に襲われ、野球で鍛えた強肩で石を投げて撃退するシーンに手に汗を握った。

の住人だった。

「おい、大窪《おおくぼ》ぉ、何しとるんじゃ」と野太い声に呼び掛けられるまで、博士は地底世界の住人だった。

担任の柿崎先生が教室の前の入口のところに立ってこっちを睨《にら》みつけていた。

「本ばっかり読んどらんで、外に出ろ。体動かさんとひ弱になるぞぉ。ほら、外に出ろ、出ろ。みんなドッジボールやってるからな」

博士は追い立てられるように教室を出た。なにしろ体育会系で、おまけに全共闘崩れで（当時の博士がそれをきちんと理解していたわけではないけれど）、やたらと熱い。熱心だということで、父母の受けもよく、博士は柿崎先生が苦手で仕方なかった。

ロッカーから紅白帽をひっぱりだした時に、ふと気づいた。いつもロッカーからはみ出しているサンペイ君の麦わら帽子がない。考えてみれば、サンペイ君がみんなと一緒にドッジボールをしているはずもないわけで、麦わら帽子をかぶってどこかに行ったということなのだ。

校庭にいったん出たものの、盛りあがっているドッジボールの輪に今さら入っていくのも気が引けた。自然と博士は歓声を避けて、校舎の裏側へと回り込んでいた。

高学年がクラスで管理している小さな畑やニワトリ小屋のあたりをなんとはなしに歩くうち、学校の敷地の境を示すフェンスの前に出た。そこから先は雑木林になっていて、昼でも薄暗い。奥の方にすべらかな光が見えるのは、瓢箪池《ひょうたんいけ》だった。立ち入り禁止になっているので近づいたことはなかったけれど、雑木林の中に小さな池があるのは知っていた。

池の光の中をすーっとよぎるものがあった。博士は息を呑《の》んだ。それが、見慣れた麦わら帽子に見えたのだ。

足もとにちょうどフェンスが破れた箇所があった。子供一人が出入りできる程度の大きさが開いて、誰《だれ》かが通ったみたいに土が乱れていた。

博士は少しためらってから、腰を屈《かが》め、フェンスをくぐった。小心なくせに、こういう時、結局、好奇心が勝ってしまうのは博士の常だった。

雑木林は風通しが良く、外から見るほど陰気ではない。昼休みに学校から抜け出すなんて、自分でもびっくりするくらい大胆で、一歩ごとに解放感と不安が胸の中でせめぎ合った。

瓢箪池は名前の通り瓢箪の形をしていて、せいぜい二十五メートルプールほどの大きさしかなかった。麦わら帽子は瓢箪の一番狭くなったところに腰を下ろし、背中を丸めて釣《つ》り竿《ざお》を握っていた。深い緑の池の表面には、赤い浮きがぷかぷか浮いていた。

足音に気づいて振り向いたサンペイ君の顔を見て、博士は目を瞠《みは》った。

同じ帽子をかぶっていて、鼻水も垂らしているけど、これ、違う子なんじゃないだろうか。目つきがきりっとしており、いつも窓から外を見ているぼんやりした感じと食い違う。

「お、ハカセ君か。どうしたのかね。昼休みなのに外に出るなんて、センセに怒られるぞ」

あ、そうだった、と思い出した。サンペイ君は、普段は黙っているけれど、いざ口を開くと偉そうなのだった。だから、みんなに煙たがられるし、福ちゃんが「ほら吹き」呼ばわりしても、きっとそうだと思われてしまうのだ。

「いつも昼休みにここに来てるの」と博士は聞いた。

「ああ、ここには池のヌシがおるのだよ」

「ヌシって……」

「こーんなでっかい、ゲンゴロウブナだ」

サンペイ君は自分の体の横幅くらいに手を広げてみせた。

「ぼくが釣ってやらなきゃ、誰が釣るのかって思ってね。前から狙《ねら》っているのだよ」

「いくらなんでも、そんなに大きなフナなんていないんじゃないの」

博士が知っているフナはせいぜい掌《てのひら》くらいの大きさだ。

「信じないならいいのだよ。ぼくが釣り上げれば分かることだからね」

そう言って、サンペイ君は立ち上がった。

釣り竿を立て、糸を引き寄せ、手早く仕掛けを取り外してしまう。教室でのノロノロした印象とは全然違う。そして、近くに立っているねじくれた老木のうろの中からプラスチックのケースを取りだし、浮きや釣り針を丁寧に仕舞った。

フェンスの方に向かって歩き始めたところで、博士を振り向いた。

「なにをぐずぐずしているのかね、ハカセ君。午後の授業に遅れてしまうよ。委員長が遅刻してはいけないのだ」

ニヤリと口の端で笑った感じがニヒルでさえあって、博士は一瞬ドキッとした。

でも、教室に戻ると、窓の外をぼんやり眺めるいつものサンペイ君がいるのだった。

2

東京のベッドタウンとはいっても、都心までバスと電車を乗り継いで片道二時間かかるような田舎だった。父の転勤で三年生の途中で引っ越してきて、そのまま高校時代までを博士は同じ街で過ごした。

里山を切り崩して造成された新興住宅街だったから、家から歩いて二十分の小学校は学区のほとんどが農村だ。いわゆる関東ローム層の乾燥した土地では落花生が栽培されていて、水田は川沿いの低地に沿って並ぶ。通学路はその水田地帯と丘陵とを横切ってまっすぐ小学校まで続いていた。

転校した当時、博士は一学年一クラスしかないその小さな小学校が受け入れたはじめての関西からの転校生だった。関西弁がめずらしくて、博士が口を開くたびにクラスでは笑いが巻き起こった。そのわりには、笑った側の言葉も「だべ」や「だべさ」を連発する「標準語」からはほど遠いもので、博士は釈然としない思いだった。もちろん数の論理に勝てるはずもなく、博士はこっちの言葉の抑揚を覚えるまでほとんど口を開くことができなかった。

とはいえ五年生にもなると、クラスにすっかり馴染《なじ》み、また、学級委員長を任せられたり、同級生たちに一目置かれるようにはなっていた。関西なまりもすっかり消えた。昼休みに一人読書をする孤独癖はあったにしても、他の子と話を合わせてテレビ番組の話題で盛りあがったり、福ちゃんたちが開く草野球の試合に顔さえ出しておけば、仲間はずれにされることもなかった。まずまず平穏な小学校生活だった。

でも、時々、妙な気分になることがあった。

この場所は違うぞ、というような皮膚の表面がざわざわする感覚。

お前がいるべき場所はここじゃないんだ、と、誰かに耳元で囁《ささや》かれるような違和感。

普段は忘れている感覚が時々ぶり返してきて、そわそわした気分になった。

そんな時、クラスで斜め前に座るサンペイ君の強情な癖毛の後頭部を思い出した。なぜなのか、自分でも不思議だったのだけれど、いつもそうだった。

昼休み学校を抜け出して釣りをしているサンペイ君を知った時、はじめてなんとなく理由が分かった気がした。

サンペイ君はたしかにパッとしない。でも、気にしていない。それって、すごいことじゃないだろうか。いや、本当にすごいことなのだ。

もしも、自分だったら、と思うと身がすくむ。博士は自分でも嫌になるくらい気が小さかったから、クラスメイトに無視されたりしたらやっていけない。サンペイ君はなぜ平気なんだろう。

もっとサンペイ君のことが知りたくなった。博士は昼休み、学校を抜け出して瓢箪池に通うようになった。そのわりには、たくさん話すわけでもなく、サンペイ君はただ釣りをして、博士は本を読んだ。ただそれだけで時間が過ぎた。

一週間連続で一緒にいると、いろいろ疑問も湧《わ》いてくる。サンペイ君は毎日、がんばって釣りをしているのに、釣り針には一向に何もかからない。よくも飽きないなあなどと妙に感心してそのことを指摘したら、心外だというようにかぶりを振った。

「仕掛けが大きすぎるのだよ。ぼくはヌシ以外は相手にしていないからね。ハカセ君、きみも釣りをしてみればいいのだ。釣りはいいぞぉ。嫌なことも忘れられる」

「へえ、ナカタ君にも嫌なことがあるんだ」

するとサンペイ君は、黙ってまた背中を向けた。学校にいる時間って「嫌なこと」なのかと聞きたかったけれど、聞けなかった。

しばらくして、サンペイ君は急に真顔になってこっちを向いた。

「そうだ、ハカセ君はうちに遊びに来るといい。いろいろ面白いものがあるぞ」

「ドラキュラのベッドとか？」

「そうだ。よく知っているじゃないか。ほかにはロケットもあれば、庭に埋まっていた殺人事件の人骨もあるのだ。二人で釣りをしてから、そういうのを見ようじゃないか。うちは都川《みやこがわ》のすぐ近くだからね」

ロケット、ドラキュラ、殺人事件。福ちゃんが聞いたら、「またほらを吹いてるべ」ということになるけれど、その時、博士は信じてみてもいいかなと思った。どれか一つでもホントだったとしたら、すごいことなのだから。

日曜日は鰯雲《いわしぐも》が空に群れをなす晴天で、朝早くから博士は自転車ででかけた。サンペイ君の家は博士の家からは学校のちょうど反対側だから結構な距離だった。

サンペイ君は家の前で待っていた。麦わら帽子をかぶって、鼻水を垂らしているのはいつもの通りで、でも、やはり学校の外だと目つきが違った。左手には釣り竿を二本とバケツ、右肩には水色のタックルケース。釣り竿を博士に差し出すと、「ハカセ君、よく来たね」と言った。

水田の間を都川がゆったりと流れており、少し上流に行くと堤ぞいに雑木林が広がっていた。博士にとってはとても懐かしい風景だった。小さい頃《ころ》に住んでいた家の前に流れていた川と似ているのだと気づいた。そこにも堤があって、所々、雑木が覆い被《かぶ》さるみたいに繁《しげ》っていた。

「さあ、ここだ。ぼくがこの場所を教えるのは、ハカセ君がはじめてなのだよ」とどこか恩着せがましく言って、サンペイ君は堤の上にどっかと座り込んだ。すぐ下に水が迫っており、それが流れのほとんどない深緑の水なのだった。

博士は釣りをしたことがなかったので、サンペイ君が教えてくれた。ハリス付きの小さな釣り針を道糸と結んで、その少し上くらいに板オモリと嚙《か》みつぶしオモリを付ける。浮きは一メートルばかり上にあって、ここで釣るにはこれくらいがちょうどいいのだという。小さく丸めた練り餌《え》を釣り針に取り付け、水にほうりこんだ。

ゆらゆらとオモリが深みに消えた。赤い浮きが立ち上がってくると、とたんに水中に引きこまれた。

「さっそくアタリがきたのだよ。ハカセ君、次に浮きが沈んだら、すーっと合わせるのだ」

「合わせるって……」

「その引き方はクチボソだ。はしたないくらいにすぐに食いついてくるやつだから、初心者はこれで練習するのがよいのだよ」

博士はサンペイ君の指示の通りに引きに合わせて釣り竿を引き上げた。でも、上がってきたのは練り餌が外れてきらきら光る釣り針だけだった。また練り餌をつけて水に落とす。すぐにアタリがあって、引き上げるも、やはり同じ。

そうこうするうちに、サンペイ君が自分の仕掛けを作って少し離れたところで釣り糸を垂れた。やはりすぐにすーっと浮きが引かれた。最初のものをサンペイ君はやりすごして、二度目に引かれた時にくいっと合わせた。小さな銀色の光が水面に躍り出て、博士は「うわあ」と叫び声をあげた。

「こんなの雑魚《ざこ》の中の雑魚だ。何十匹でも釣れる」

誇張だと思っていたら、サンペイ君は次々とクチボソを釣り始めて、バケツの中はみるみる銀色の小魚だらけになった。博士は二十匹まで数えたけれど、そこから先はやめた。いわゆる「入れ食い」というやつで、それを逃さないものだから一時間もたたないうちに本当に「何十匹」にもなってしまったのだ。

「すごいなあ、ほんとうにすごいなあ」

博士は感嘆したけれど、サンペイ君は別にうれしがるふうでもなく淡々と手を動かした。

「いくらだって釣れるのだよ。でも、ぼくはこうやって釣りながらイメージトレーニングを欠かさないのだ。ぼくには夢があるからね――」

「へえ、どんな夢？」

「おい、ハカセ君」サンペイ君の声は少しうわずっていた。「アタリが来てる。合わせるんだ」

博士はびっくりして自分の浮きを見た。ツンツンツン、と突っつくようなかんじで動いている。えっ、これってすごく地味な動きだけど本当にかかっているの？　と思って見ていると急にすいっと横に動いた。博士は釣り竿をひょいと上げた。

濡《ぬ》れた道糸が輝きながらこちらにちかづいてきた。そして、その下には元気よく体を捩《よじ》らせる小さな魚の姿があった。クチボソではなかった。もっと体が平べったくて、お腹《なか》が大きかった。

「タナゴだ。ハカセ君やるな。きょう一匹だけのタナゴだ。大したものだぞハカセ君」

サンペイ君は目を細めて、博士を仰ぐように見た。博士はその視線がこそばゆかった。

3

母屋《おもや》の軒先には大きな水槽があって、博士が釣ったタナゴはそこに入れられた。クチボソは全部放流したので、きょうの釣果《ちょうか》は博士のものだけだったことになる。水槽にはタナゴと、それよりずっと大きなフナがいた。どちらもお腹がきらきら輝いてきれいだった。普段だったらその前に張り付いて見つめてしまうところだけれど、この日はすぐに離れた。サンペイ君が蔵を見せてくれると言ったからだ。

家の敷地は本当に大きくて、博士は面食らった。純和風の母屋自体、博士が住んでいる家が三つか四つくらい入りそうな大きなものだったし、その隣にはちいさな離れまであった。そして、二つの蔵が母屋から中庭を隔てた反対側に並んで建っていた。ひとつは漆喰《しっくい》の壁がところどころ崩れている古いもので、もうひとつは同じ造りだけれど格段に新しかった。

「では、まず、殺された男の骨から見せてあげよう」

サンペイ君が眉《まゆ》をひそめて言うと、古い方の蔵の扉に手を掛けた。ぎぎっと重い音がして開き、博士は思わず息を呑んだ。

中はひんやり薄暗かった。天窓が小さくて、光が行き渡らない。サンペイ君は入口のところに掛けてあった懐中電灯を取って、中に踏み込んだ。

ほんの数歩のところに大きな箱があった。箱の上面はほこりにまみれたガラスで、反射のせいで中が見えにくくなっていた。

顔を寄せて覗《のぞ》き込んだ瞬間、博士はひっと声をあげた。人間の頭蓋骨《ずがいこつ》が暗い眼窩《がんか》をまっすぐ博士に向けていたのだ。ちょうど目の上のあたりが陥没していて、殴られて殺されたのだと博士は確信した。

「ケーサツ、呼ばんとあかんのちゃうか。な、ケーサツ、呼んだ方がええで」

久しぶりに関西弁が口をついて出てきた。自分でも驚き、次の瞬間に顔が熱くなった。馬鹿《ばか》にされるかもしれない。いや、今大事なのはそんなことじゃなくて、殺人事件の方だ。

サンペイ君はくっくっと低く笑った。

「もう時効やろ」と関西弁を真似《まね》てみせる。「何千年も前の縄文《じょうもん》時代の骨なんだよ。ぼくの家の庭は貝塚の一部なんだ。この骨は考古学研究所で働いてるぼくのおじさんが見つけて、今は県立博物館から預かっているのだよ」

博士はほっと息を吐き出した。でも、ずっと昔のものだと分かっても、やはり目の前にあるのが人骨であることには違いないのだった。

「こんなもので驚いていたら仕方ないね。さ、こっちへ来るといい」

サンペイ君が懐中電灯を持ってすたすた歩いていってしまったので、博士は慌てて追いかけた。

するとサンペイ君の肩越しに金色の光が飛び込んできて、博士は目を閉じた。蔵は薄暗いのに、懐中電灯の光を何かが強く跳ね返してきたのだった。

「ドラキュラのベッド」とサンペイ君は言った。

大きさだけで言うと普通のシングルサイズだけれど、木製らしい枠組みに金箔《きんぱく》が張ってあってたしかに豪華に見えた。

「ドラキュラのモデルになった有名なルーマニアの侯爵が使っていたものなのだよ。美術商をやっているぼくのおじさんがニューヨークで買い付けてきたのだけど、買い手がつかなくてここで預かってる。ぼくはそのうち、このベッドを自分の部屋で使ってやるつもりなのだな」

なんて反応したらいいのか分からずに黙っていると、サンペイ君は「さ、こっち」とさらに隅へと引っ張っていった。

「これが本物のロケット」

指さされた台の上には、大人の背丈くらいの長さのロケットが横たわっていた。

「本物って……模型でしょ」

「いや、本物。ちゃんとロケット燃料が詰まっていて、十キロくらいの高さまでは飛ぶ。輸入雑貨商をしているぼくのおじさんがヒューストンで買ってきたもので……」

博士はもう頭がくらくらしてしまった。

そして、とどめはサンペイ君の部屋だった。母屋に隣接した離れがサンペイ君の城で、八畳もあるゆったりした空間に、とりあえずまともなスチール製のベッドと、山ほどの漫画が収められた本棚があった。そして、壁には体長が一メートル以上はあるとても大きな魚拓が飾ってあった。

「五歳の時にぼくがトローリングで釣ったカジキマグロなのだよ。もちろんアメリカでバスプロをしているぼくのおじさんに手伝ってもらったけれどね」

サンペイ君は嘘つきじゃない。

そのことを確信して、博士はすごく嬉《うれ》しくなった。信じられないようなことばかりだけど、全部、本当のことだったのだ。でも、疑問も浮かんでくる。

「ねえ、ナカタ君。きみのおじさんって何人いるの」

はっとした顔で、サンペイ君は博士を見た。そして、小さな声で言った。

「一人、だよ。でも、別に嘘は言ってないのだよ」

「きっといろいろな仕事をしているんだよね」

「ぼくの母さんの弟なんだけど、あちこち飛び回って好きな仕事をして、すごく自由な人だ。ぼくに釣りを教えてくれて、ほかにもいろいろなことを教えてくれたのだよ。この部屋はもともとおじさんの部屋だったのだ」

サンペイ君はいったん立ち上がって、学習机の引き出しから何やら紙切れを取りだして差し出した。

「ぼくの宝物なのだ」

「なにこれ、英語？」

それは雑誌か何かの切り抜きで、大きな写真の下にはびっしり横文字が詰まっていた。

「これがぼくのおじさんだ」

指の先には、写真の中でトロフィを抱えている東洋人の姿があった。まわりは全部、ガイジンで、その中で「一番」になったのが分かる。なんとなく見たことがある人のように思えたけれど、気のせいにちがいなかった。

「アメリカにはバスプロという、釣りのプロがいて、その大会に出て優勝したのだよ。おじさんが取っていた釣り雑誌が送られてきたのをぼくが見ていて、これを見つけたのだ」

「へえ、すごいんだねぇ」博士は素直に感心してしまう。

「もうこれが二年前だから、きっとあれからもおじさんはバスプロの大会で頑張っているに違いないのだ。釣り雑誌はもう送られてこなくなったから分からないけど、きっと日本に帰って来れないくらい忙しいのだよ」

本当にすごいおじさんを、サンペイ君は持っているのだ。

博士は部屋をもう一度見渡し、本棚の漫画に顔を寄せた。楳図《うめず》かずおの『漂流教室』や、手塚治虫《てづかおさむ》の『火の鳥』といったものが並ぶ中で、ある一角を占領しているバインダーに目を吸い寄せられた。手に取ってみると、少年漫画雑誌から切り離された『釣りキチ三平《さんぺい》』が綴《と》じてあるのだった。

「ハカセ君、何をじろじろ見ているのかね」

「ねえ、ハカセ君って言うの、やめてくれる。あまり気に入っていないんだ」

名前が博士だから、そのまま読んだだけなのだが、呼ばれるたびに居心地が悪い。

「でも、きみはハカセ君じゃないか。ほかになんて呼べばいいんだ。みんなだってそう呼んでるし、ぼくが一人違って呼んでも仕方ないのではないかね」

「そっか、じゃ、ナカタ君はサンペイ君だ」

「な、なんで」サンペイ君はなぜかひどくうろたえているようだった。

「ナカタ君のおじさんは『釣りキチ三平』に出てくる『魚紳《ぎょしん》さん』で、ナカタ君は『サンペイ』。麦わら帽子だって一緒だし。だから、サンペイ君」

「ぼくは自分が魚紳さんを目指しているのだけれどね。世界中を釣りをしながら歩くのがぼくの夢なのだからね。でも、ま、いいか」

サンペイ君がサンペイ君になった瞬間だった。

「でも、これだけは言っておく。ぼくはいつか、世界一の大物釣りになるのだよ。サメやクジラを釣る方法だって考えているのだ」

母屋から繋《つな》がる渡り廊下がぎしっと音を立て、立て付けの悪いドアが開いた。サンペイ君のお母さんが麦茶のコップとお菓子の皿をのせたお盆を持って立っていた。

「利也にはあまり友達がおらんので、よろしくおねがいするべ」と博士に両手をついて言った。

「あ、そんな……でも、サンペイ君は、いえ、ナカタ君はすごいです。釣りはうまいし、大きな夢があるし」

「また、変なことを言ってるべ。この子の叔父さんが、ちょっと困りもので。職を転々として家を継がんだけじゃなく、今じゃ海外に飛び出して音信不通でして」

「だから、ぼくが大きくなったら釣りをしながら探しにいくんだ」

「利也!」お母さんの声が鋭く響いた。「清治郎《せいじろう》はゴクツブシだべ。真似したらいかん」

肩をいからせた背中が渡り廊下に消えるのを見て、サンペイ君がちろりと舌を出した。

「悪かったね、ハカセ君。うちの母親は見ての通りの田舎者で、ぼくのことを理解できないのだよ」

4

朝、教室に入ると「おはよう」と大きく声を出して自分の机に向かう。ランドセルから教科書とノートを出して、机の中に入れる。ここまではこれまでと同じ。

その後、ガガッと大きな音を立てて椅子《いす》を引っ張り、サンペイ君の席の前まで持っていって、やおら話し始める。

「やあ、貸してもらった『火の鳥』、面白かったよ。『漂流教室』はちょっと怖くて、夜読めないかんじだけどね」

「ははは、ハカセ君は臆病《おくびょう》だからなあ。うちの土蔵に入っただけでびびってただろう」

などと会話を始める。

たったそれだけのことで、教室の雰囲気がざわっと波立った。視線が集中し、いつもだったら注目されるのは嫌いなのに、きょうばかりは快感だった。

自分だけが知っているすごいことを、クラスのみんなに大発表する気分だ。博士は前の夜なかなか眠りにつけず、それで遅くまで『火の鳥・未来編』を読んでいた。するとますます興奮してしまって、明け方までまんじりともできなかった。

「ロケットを飛ばしてみたいなあ。あのロケット、ちゃんと飛ぶんだよね。すごいんだろうなあ」

「ハカセ君は自分のを作ればいいのだよ。火薬の調合なんて、注意してやればいいのだからね」

「サンペイ君はやっぱりいろいろ知っているんだなあ」

その時、またも教室がざわめいた。さっきよりもずっと張りつめた感じで、博士は鳥肌が立った。

福ちゃんが仏頂面で教壇を横切り、教室のちょうど真ん中あたりにある自分の席につくところだった。

「福ちゃん――」博士は大声で呼び掛けた。

ごくり、と唾《つば》を飲む音がまわりから聞こえた。

視線を上げた福ちゃんは、どうした、というふうに顎《あご》をしゃくった。

「本当だったよ。ドラキュラのベッドも、ロケットも、人の骨も、全部あったよ。サンペイ君はほら吹きじゃないよ」

福ちゃんはぽかんと口を開いたまま、しばらく黙っていた。

「ああ、そうか」と福ちゃんはあっさりうなずいた。「ナカタが嘘つきじゃないっていうなら、騙《だま》されてるんだべ。あいつのおじさんは近所でも評判の大嘘つきだべ」

福ちゃんは言葉の途中で興味を失ったみたいに前を向いて、おおげさにため息をついてみせた。そんなことでおれに話しかけるな、と言っているようだ。

たっ、と音がして、気がついたらサンペイ君が机の上に立っていた。そのまま机の上を伝って飛ぶように走り、福ちゃんの背中に膝蹴《ひざげ》りを入れた。福ちゃんは「むはっ」と訳の分からない悲鳴をあげて、そのまま床に転がった。

「きみは言ってはならないことを言ったのだよ。ぼくはおじさんの名誉を汚すやつは許さないのだ」

「でも、嘘つきだべ。夢みたいなことばかり言うって、近所じゅうで言われてるべさ」

「きみには人を信じる心がないようだね。いいさ、そうやって、教室の中でだけいばっていればいい」

余裕綽々《よゆうしゃくしゃく》で席に戻ると、サンペイ君は窓の外を見た。勝ち誇った顔をしているかと思ったら、いつものようにぼんやり外を見ているだけだった。

今では博士はサンペイ君がこんな時に何を考えているのか知っていた。つまり、「イメージトレーニング」をしているのだった。世界をまたにかけて釣り行脚《あんぎゃ》をして、行く先々でおじさんを探し、いつかは一緒に世界的な釣りの大会に出る、というストーリーがサンペイ君の中には完全に出来上がっていた。退屈な教室での時間を、サンペイ君は想像の旅に明け暮れているのだった。

「風のような人なのだよ」とサンペイ君は言っていた。「帰ってくるたびに、この辛気くさい家に新しい風を吹かせてくれるのだ。そして、ぼくも風になりたいのだよ」と。

午前中の授業は平穏に過ぎ、給食の列に並ぼうとした時、「よお」と肩に手を掛けられた。福ちゃんが博士を見ていた。

「ハカセはどっちだべ」と囁いた。その目がかなり暗く光っているのに博士は気づいた。

「どういう意味？」

「おれにつくのか、ナカタの仲間なのか」

「サンペイ君とは、友達だよ。サンペイ君は嘘つきじゃないよ」

どうして福ちゃんには分からないのだろう。サンペイ君は本当はすごいのだ。それをみんなに知ってもらえればいいのに。

「そうか」

福ちゃんはあっさりと席に戻っていった。

でも、その時からの、福ちゃんの行動ときたら、あっさりしたもの、なんてもんじゃなかった。

クラス中をまとめて、博士とサンペイ君をのけ者にしたのだ。当時、博士は「村八分」という言葉を知らなかったし、また「ハブる」という言葉もまだなかった。だから、ただ、現象として、誰からも話しかけられず、こちらから話しかけても無視されるということだった。

博士は学級委員長だったから、よく前に立って話をまとめたりしなければならず、そんな時には本当に困った。だれも、手を挙げてくれなかったり、指してもはぐらかされたり。

以前だったら、博士はただ自信を失い、気持ちもボロボロになってしまっていたはずだ。転校したてで言葉を笑われていた頃もそうだった。でも、今回は違った。サンペイ君みたいに「気にしない」ことは出来ないにしても、とにかく自分がダメなんだとは思わずにいられた。

一度など博士は福ちゃんの机の前までつかつかと歩いていって聞いてみた。

「ねえ、なんで、福ちゃんは、サンペイ君を目の敵《かたき》にするわけ？　別に悪いことしたわけでもないし、おかしいよ」

すると福ちゃんはふんと鼻を鳴らして、「虫がすかん。理由はそれでいいべ」と言い捨てた。

本当にただそれだけのことなのかもしれなかった。

でも、博士は釈然としなかった。昔みたいにみんなと話したいという気持ちはあったけれど、かといってこんな不合理なことを福ちゃんに言われたからといって従っている連中なんか軽蔑《けいべつ》してやる、というような気分もあった。

必然的に、博士はいつもサンペイ君と一緒だった。サンペイ君の本棚は博士の本棚になり、逆に博士が持っていた子供向けの科学読本をサンペイ君は喜んで読んだ。そして、天気がよければ必ず釣りをした。博士もすぐに腕を上げて、クチボソ相手ならサンペイ君との「先に五十匹釣った方が勝ち」マッチで勝つことすらあった。

近場での小物釣りではそのうちに飽き足らなくなって、少し下流でコイの吸い込み釣りを始めた。練り餌をつけた大きめの仕掛けで置き釣りにするから、竿を立てて並べてしまうとあとは待つのみ。しばしば博士とサンペイ君はあくまで高い空の下で河原に腰を下ろし、きらきらする水面の黄金色の照り返しを見ているのだった。

「釣りはいいなあ、本当に釣りはいい」とサンペイ君はよく口にした。「ぼくもよくこうやって、青空の下でおじさんと釣りをしたものだよ。おじさんはね、高い空は人の気持ちを大きくするとよく言っていたよ」

漫然と話すサンペイ君の視線の先を、遠くジャンボ機が飛んでいくのが見えて、たしかに博士も大きな気持ちになった。

「ハカセ君にも夢はあるのかね」とサンペイ君が聞いてきたのもまさにそんな時だった。

「うーん」と博士はうなり声をあげた。

自分にそんなものあるのだろうか。宇宙飛行士に憧《あこが》れたことはあるけれど、自分でも無理だと思っているし。

頭の中で小さな爆発が起きたみたいに目の前に光が射《さ》した。

「大爆発《ビッグ・バン》って知ってるよね」

「宇宙の始まりの大爆発、というやつだね」

「研究者になるんだ」と博士は言っていた。「天文学か物理学の研究者になって、宇宙の始まりとか終わりについて研究するんだ」

ずっと前にそう思ったことがあるのを、博士は突然思い出したのだった。

「それは面白い。世界的な研究者になるといいのだ。海外の研究所に勤めるなら、アメリカのフロリダがいいぞ。トローリングの聖地なのだ。ぼくがハカセ君の研究所の近くに行った時には、ぜひ一緒に釣りをしよう」

とにかくサンペイ君は、釣り、なのだったけれど、その時はとても崇高な約束に思えた。

5

三学期になると博士は学級委員長を退任した。博士とサンペイ君が無視されているのには変わりなかったけれど、委員長の役がなくなったことで博士の気持ちはぐっと楽になった。別に卒業まで今のままでも、まあ、なんとかやっていけるだろう。そんなふうに思っていたところ、新年最初の学活で、新委員長の小林《こばやし》さんが突然言ったのだ。

「中田君と大窪君がのけ者にされているのはよくないと思います。まずそのことをみんなで話し合いたいです」

小林さんは博士と同じ新興住宅地に住んでいる女子だった。ミニバスの中心選手だったし、活発で、正義感が強かった。そういえば二学期中、博士が委員長だった頃、よく発言して助けてくれた。また、普段もなにかと気に掛けてくれるところがあった。

しーんと凍り付いたみたいな雰囲気。小林さんの発言に誰も反応せず、ただ、誰かが何かを言うのを待っているような感じだった。

沈黙を破ったのは、柿崎先生だった。黒板の脇《わき》にある先生用の机の前で急に立ち上がり、「おまえら、それは本当か」と野太い声で言った。「おい、中田、大窪、本当なのか」

本当です、と博士は声が出そうになった。でも、舌がカラカラに乾いて、口が動かなかった。サンペイ君は心ここにあらずで、窓の外を見ていた。こんな時にも相変わらずなのだ。

「ま、本人にはこういうのは言いにくいものだな。小林、もう少し詳しく話しなさい」

「二学期の間、ずっとだったんです。最初は内山《うちやま》君が――」

その瞬間、クラスの視線が福ちゃんに集まった。福ちゃんは、視線を宙に泳がせて、なんとなくそわそわした様子だった。

「なんだ、内山がどうかしたのか」と柿崎先生。

「そんなことありません」と声がした。

サンペイ君だった。すごく毅然《きぜん》としていて、いつものサンペイ君じゃなかった。博士だけが知っている、クールで自信満々で、ものに動じないサンペイ君だった。

「委員長の誤解です。ぼくと内山君は仲がいいです」

「中田も、大窪も、別に仲間はずれになっているわけじゃないのだな」

「はい、ぼくたちは仲間はずれにされたりしてません」

「なら、いい。小林、さっさと席替えのこととか、決めてしまえ」

先生の発言で、ふっと空気が弛《ゆる》んだ。あきらかにほっとした感じだった。クラスのみんなは自分たちも共犯だと分かっていて、それがばれるのはやっぱり嫌なのだ。

小林委員長はこわばった顔で、しばらく議事を続けた。でも、すぐにあきらめたみたいにため息をつき、そこから後はいつもの彼女に戻った。

放課後、博士とサンペイ君が校門から出ると、福ちゃんが後を追ってきた。「ちょっとこっちへ」と道端の自動販売機の脇に引っ張っていって、口元を震わせながら、「なんで、ナカタがおれをかばうんだべ」と詰問《きつもん》した。

「かばったわけではないのだよ」とサンペイ君が返した。

「かばったべ」

「かばってはいないのだ」

なんだか押し問答になってくる。

「昼休み、ナカタがどこにいるかみんな知ってるべ。あんな小さな池に大きな魚なんかいるもんか。馬鹿じゃねえのか」

「馬鹿じゃないのだ。あそこにはヌシがいるのだ」

「おれが先生にチクるなって言っておいてやらなきゃ、どうなるか分かってるべ」

福ちゃんは、やけを起こしたような言い方だった。

「かばってくれて、ありがとう。でも、ぼくはきみとはあまりかかわりたくないのだ。だから、無視されると逆にありがたいのだ」

「そうか、わかった。ならいい」

福ちゃんは、くるりと背中を向けた。

「ねえ、いいの、あんなこと言って」博士はサンペイ君を見た。

「ああ、これでいいのだ」

博士にはそうは思えなかった。去っていく福ちゃんの背中を追いかけた。

「ごめん、福ちゃん、サンペイ君はああだから……」自分でもなぜ謝っているのか分からなかったけど、つい博士は謝っていた。

「馬鹿にしてるべ」

福ちゃんは立ち止まって博士を見た。

「ハカセも、ナカタも、おれのこと馬鹿にしてるべ」

「そんなことないよ」

「いや、馬鹿にしてる」

「してない」

ここでも押し問答になってしまった。

「サンペイ君はすごいんだ。福ちゃんが仲良くしてくれたら、みんなサンペイ君のこと、よく分かると思うのに。本当にすごいし、おもしろいんだから。福ちゃんが言っていた、ほら話だって、本当に本当なんだから」

「本当だったら、すごいのか。おれらには関係のない話だべ。あいつも、あいつのおじさんも、勝手に月でも火星でも行けばいいべ」

博士には福ちゃんがなんで、そんなにサンペイ君を目の敵にするのか分からなかった。先生だって夢を見ることはいいことだって言うじゃないか。サンペイ君が大きなことを言ったりするのって、そんなに悪いことなんだろうか。

「福ちゃん、おかしいよ。福ちゃんってもっと分け隔てないんだと思ってた。でも、今はみんな福ちゃんが怖いんだよ。だから、ぼくたちに話しかけられない。福ちゃんはそんなんでいいの？」

福ちゃんがはっとした顔で、博士を見た。

「ハカセにそんなこと言われるとなあ……」と小さく呟《つぶや》いた。「おれ、頭、悪いし、おやじは家を継げって言うし、たぶん高校出たらそうなるんだべさ。けど、ナカタは勉強すりゃあ、一番になれるやつだ。でも、やらん。それで、一人でスカしてる」

「福ちゃんは、クラスの人気者じゃないか。みんな福ちゃんが好きだし、いるだけでぱっと明るくなる。サンペイ君のこと、気にすることなんてないんだよ」

「そうだべか……」

福ちゃんは唇を嚙んでいた。博士には分からなかったけど、福ちゃんにとっては大きなことなんだというのが伝わってきた。

サンペイ君はもう帰ってしまっていたので、博士はサンペイ君の家に向かった。離れの部屋にはサンペイ君はいなかった。たぶん川に行ったのだと思って博士はいつものポイントに向かった。はたして、サンペイ君は一人で釣り糸を垂れていた。

「やあ、ハカセ君」サンペイ君は後ろ向きのまま言った。

「福ちゃんと仲直りした方がいいと思うよ」博士はいきなり核心に切り込んだ。

「やつはぼくが気に入らないのだよ。瓢簞池のヌシのことだって、やつは信じようとしないからね。こっちはおじさんが釣りかけて、糸を切られるのをこの目で見ているのだ。ヌシはぜったいにいるのだ」

「ぼくはクラスのみんなにサンペイ君のこと、もっと知ってほしいんだよ。こんなにすごいし、おもしろいのに、みんな全然知らないんだ」

「そんなことはいいのだよ、ハカセ君。ぼくたちは遠くにいくのだから、小さな教室にかかわることはないのだ」

「でも、みんなと仲良くやれた方が、楽しいじゃないか。サンペイ君はおかしい。なんか逃げてるみたいだ」

言ってしまった後で、博士ははっとして口に手を当てた。

サンペイ君の肩が震えていた。水面の浮きにアタリが来ているのに、竿を動かそうともしない。

博士は話しかけられずに、じっと背中を見ていた。

しばらくしてサンペイ君が大きく息を吸い込んだ。

背中を向けたまま、「ハカセ君、帰ってくれたまえよ」と威圧的に言った。

博士はそのままとぼとぼと家路についた。

6

博士は一人きりだった。

相変わらずクラスのみんなとは話せなかったし、サンペイ君も博士と視線が合うのを避けていた。だから、学校では一人きり。以前にもまして、たくさんの本を読み、いろいろ考えたり、煮詰まったり。

ぼくがいるべき場所はここじゃない。そんな感覚がよみがえってきて、お腹の中をぐるぐると巡っていた。

それでも、なんとか耐えられた。一人でいることに耐えることって、ひょっとするとサンペイ君が博士に教えてくれたちょっとした技術かもしれなかった。博士は家の近くの川で釣りをすることを覚えたし、自宅の水槽でタナゴも飼い始めた。友達がいなくても、本と釣り竿があればそれなりに満ち足りていられたのだ。

釣りっていい。辛《つら》いことを忘れられる。

どうして釣りを始めたのか聞かれたら、たぶん博士はそう答えただろう。

冬だから寒くて、博士は鼻水をたっぷり垂らしながらも、川に出るのはやめなかった。

博士はこんな日が、ずっと続くのを覚悟していた。中学ではさすがにそんなことないだろうけど、小学校の間はこのままなのだ。覚悟すれば、しっかりとした気分でいられた。

でも、変化というのはいつも突然だ。二月十四日、バレンタインデーの朝、いつものように登校して教科書を机に移そうとすると、中からごそりと小さな包みが二つ、三つ落ちた。

最初はなんのことか分からなかったけれど、すぐに理解して博士は顔がかーっと熱くなった。きっと耳たぶの先まで赤かったに違いない。

チョコレートなのだ。博士は自慢じゃないけれど、これまでもらったことがなかった。

それが今年に限って、いくつももらえるなんて。机の中に手を入れてさぐってみると、最初に落ちたやつだけではなく十個以上はありそうだった。

紙の感触が指先にあって、博士はそれを引っ張り出した。封筒だった。

〈大窪君と中田君はとてもがんばっていると思います。そんけいします。女子のみんなからチョコレートをおくります〉

視線を上げると、小林委員長がこっちを見て、リスみたいな大きな前歯を出して笑っていた。

そういうことだったのか。女子全員が博士のことを励ましてくれたのだった。

「今年は福ちゃんにはなしだって。去年は十個以上もらっただろ。ショック大きいぜ」

斜め後ろの男子が耳打ちしてきた。えっ？と耳を疑った。博士にわざわざ話しかけてきたのだ。福ちゃんを見ると確かにうなだれた感じだったけど、それ以上に博士は話しかけられた、という事実に戸惑った。

「あたしたちは仲間はずれをつくるような男子にはチョコあげないからね！」小林委員長が大声で言うと、どっと笑いが起きた。

クラスを成り立たせている力学がコトリと小さな音を立てて組み替わる。その日から、誰も博士に話しかけるのをためらわなかったし、福ちゃんも謝りこそしなかったけれど、また以前のように博士を扱うようになった。

すべては元通りだった。博士が、サンペイ君と親しくなる前とまったく同じ。サンペイ君は、誰とも話をせず、授業中もただずっと窓の外を見ていた。博士はそのごわごわした後頭部を時々見ては、胸がチクリと痛んだ。

三月になったばかりの昼休み、博士は例によって一人で本を読んでいた。

昼休みが半分過ぎたことを告げるチャイムが鳴った時、廊下をあわただしく走る足音が聞こえてきた。

「ハカセ君、急いで来てくれないか」

息を弾ませた声に振り向くと、サンペイ君が教室の入口のところに立っていた。

突然のことで驚いたのが一番だったけれど、同時にすごくうれしくて、博士は「いいよ」と立ち上がった。

「とにかく急いで来るのだ。ハカセ君は是非見に来るべきなのだ」

ちょっと高飛車で、なのに憎めない、言葉を交わさなくなる前とまったく同じサンペイ君だった。

後をついていく時、サンペイ君の服にあちこち泥がついていることに気づいた。

サンペイ君は校舎を出て、まっすぐに瓢簞池に向かった。池のほとりには釣り竿が投げ出されていて、大きなタモ網が水の中に半分浸してあった。泥にまみれた取っ手をむんずと摑《つか》み、持ち上げると、水が飛び散るのも構わずに大きく振って博士の前に差し出した。

博士の目は網の中に吸い寄せられた。黒っぽい銀色の魚が、木漏れ日を反射しながら力強く身をくねらせていた。

「ヌシなのだ。水がぬるんで、やっと釣れたのだ」

いつものように淡々と言おうとしているけど、どことなく声がうわずっていた。

「すごい……」博士はひとこと言って黙り込んだ。

本当にすごいと思った。サンペイ君はずっと「ヌシ」のことを話していたけれど、ここまで大きく立派なものだなんて想像していなかった。

ゲンゴロウブナ。たしか、そうだ。顔の後ろから背びれにかけてこんもりと盛り上がったたくましい形をしていて、なによりも大きかった。たぶん、五十センチ近くはあるんじゃないだろうか。サンペイ君や博士の体の幅よりもずっと大きい。

サンペイ君は嘘をつかない。博士はなんだかじーんとしてしまって、その場に立ちつくした。遠くで午後の授業が始まる五分前のチャイムが鳴っていたけれど、そのチャイムの意味さえ気がつかなかったほどだ。

「さあ、ハカセ君、そろそろいくのだ」

サンペイ君はタモ網を水に戻して、服に付いた乾いた泥を払った。

「ねえ、サンペイ君、この魚どうするの」博士は熱のこもった口調で言った。

「そうだな。放課後まではこうしておくとして、とりあえず飼ってみるかもしれないな。でも、飼いきれないなら魚拓を取るのだ。こいつは魚拓を取るのに値するのだよ。おじさんが帰ってきたら見せなければならないのだ」

「みんなには見せないの」

「なぜ、そんな必要があるのだい。ぼくはヌシを釣っただけで満足なのだ」

博士は小さくため息をついた。サンペイ君はいつもそうだ。

近くに銀色のバケツが転がっていた。博士はそれで池から水をくみ取り、タモ網を上げて中にそいつを落とした。バケツはいかにも小さかったけれど、体を少し丸めるようにしてなんとか収まった。

「なにをするのだね、ハカセ君」

サンペイ君が少し慌てた口調で言った。

「いいから、いいから」

博士はバケツを持って走り始めた。水がちゃぷちゃぷ撥《は》ねて指に触れ、冷たいのになぜか気持ちよかった。

サンペイ君はほら吹きじゃない。本当にすごいんだ。

心の中でつぶやきながら、ぐんぐん走った。こぼれた水は指だけじゃなく、シャツやズボンまで濡らしたけれど、それも気にならなかった。

教室の扉をガタンと開けたのは、午後の授業が始まった瞬間だった。

「大窪、どうした。遅刻だぞ。それにどうした、中田まで——」

柿崎先生の声を無視して、博士は大声を出した。

「ヌシやでー、ヌシが釣れたでー、サンペイ君が釣ったんやで」

みんながぽかんと口を開けてこっちを見ている。自分が関西弁で話しているのに気づいたけれど、それはどうでもよかった。

「ほら、みんな、見いや。でかいでぇ。ほんま、でかいでぇ」

「ハカセ君、やめるのだ。ぼくはこんなのは好きじゃないのだ」

そう言いながらも、サンペイ君は本気で止めようとはしなかった。どっちにしたって博士はサンペイ君の願いを聞き入れるつもりなんてなかった。

博士は教室を小走りに移動して教壇の前に立った。

「大窪、どういうつもりだ」

先生の言葉をまたも無視し、博士はバケツの口を傾けてみんなの方に向けた。それだけでは見えないと思い、バケツを床に置いて中からゲンゴロウブナを摑みあげた。手で持つというより、体で抱え込んだ。

どよめきが、漏れた。

「すげぇじゃん」と誰かが言い、次々に賞賛の声が上がった。魚が嫌いな女子がいて、「いやだー、やめてよ」と大声で抗議した。

でも、博士は無視した。

まっすぐ歩き、福ちゃんの前に立った。

目が合うと、福ちゃんはその場で腰を浮かせて半分だけ立ち上がった。

「な、サンペイ君はほら吹きとちゃうで」

返事はなく、ただ福ちゃんはヌシを見つめていた。

ふいにヌシが腕の中で暴れ、のけぞった博士の腕から躍り出た。福ちゃんが慌てて両腕をさしのべたけれど、それとは反対の方向にジャンプし宙を舞った。

振り向くと、サンペイ君の腕の中で、激しく身をよじっていた。サンペイ君はいつのまにか博士の背後に立っていて、ヌシをキャッチしたのだった。

博士ははっと息をのんだ。サンペイ君は口を一文字に結んで福ちゃんを見ている。

そして、やおら教室全体を見渡し、無言のままで魚体を高々と、まるでバスプロの大会で優勝したトロフィのように掲げた。

誰も言葉を発しなかった。先生さえ、息を詰めて見つめていた。クラスの真ん中にただヌシとサンペイ君と福ちゃんがいて、コトリとも音はせず、しんしんと時間が過ぎた。

またも元気に体をくねらせたヌシから、飛沫《しぶき》が散った。

窓からの光が反射して、教室全体が一瞬、おひさまの金色にほーっと輝いた。

Ⅲ　オオカミ山、死を食べる虫をみる

1

美絵子《みえこ》が小学校に上がった時、つまり、博士が四年生になった時から、母さんは地元の不動産屋で働くようになって、すると博士は妹の面倒を見なきゃならない時間が増えた。小学校に行っている普段ならともかく、夏休みは朝からずっと美絵子と遊ばなければならず、鬱陶《うっとう》しくて閉口するのだった。

母さんは帰ってくると超特急で夕御飯を作り、風呂《ふろ》を焚《た》き、洗濯をして、九時過ぎには博士と美絵子を、寝室にしている畳の部屋に追いやった。そのくせ、その後でひとりゆっくりテレビを見ているのは分かっていて、特に九時台はお気に入りのドラマの時間だから、「早く寝なさい」と寝室を見に来ることもない。博士と美絵子は堂々と蛍光灯をともしたまま起きていられた。

お絵描《えか》きが好きな美絵子はその夜、ひらひらしたドレスのお姫様をスケッチブックに飽きもせずにいくつも描いた。時々、お姫様のとなりにタキシード姿の男を描いて、それを「あのね、あのね、おにいちゃんだよ」と言うのが博士にはこっぱずかしかった。

一方、博士は誕生日に買い与えられた昆虫図鑑を布団の上に広げ、巻頭の大型甲虫のページに見入っていた。カブトムシやクワガタは、本当に格好いい。博士はとりわけクワガタのファンで、それはたぶん、種類が多くて楽しいせいだった。大きく湾曲した大あごを持ったノコギリクワガタは素直にすごいと思ったし、いくぶんがっしりしたミヤマクワガタにはそれとは違った風格を感じた。でも、こんなのはまだ序の口だ。海外のクワガタはもっとすごい。体長が十センチ以上あるようなやつがゴロゴロいて、博士はグラビアを眺めてはため息をついた。

大きく見栄《みば》えのするクワガタがほしい、と思う。夏休みに入る前、クラスの男子はクワガタを教室に持ち込んで自慢しあっていた。ヒラタクワガタの大柄なやつを持っていると一目置かれるし、ノコギリクワガタならスター扱いだった。博士は家の常夜灯の下に落ちていたコクワガタを持って行ったことがあって、その時は逆に笑われた。そんなの誰《だれ》でも採れる、と。

夏休みに入ってからも、大きなクワガタに出会うチャンスはなく、そうこうするうちに登校日が二日後に迫っていた。博士は失地回復したくてうずうずしていたわけだけれど、図鑑を眺めるだけじゃ、クワガタを捕まえられるはずもない。

博士は和室にこっそり持ち込んだ紙箱の中から、黒い塊を取り出した。きょう、ラジオ体操の帰りに住宅街の端の側溝で見つけたものだ。体長四センチくらいあって立派な体つき。でも、残念なことに大あごの小さなメスだった。ヒラタクワガタに似ていたけれど、図鑑で見ると形が少し違うような気がしてならなかった。

「あのね、あのね、おにいちゃん、オオカミ山に行くの？　クワガタを探しに行くの」

美絵子が心配そうに聞いてきた。

「行かないよ。マムシが出るからね」

　クワガタがほしいなら行かなきゃならないのは分かってる。でも、博士はマムシが怖いし、それにもし行くにしても、美絵子がついてきたら足手まといで困るのだ。

「オオカミ山にはオニババがいてオオカミと暮らしてるって」

「そんなことあるはずないだろ。怖いのはマムシだよ」

　新興住宅地の背後の裏山のことを子供たちはオオカミ山と呼んでいた。山の南側を半分くらい削って出来たのが博士たちが住んでいる住宅地で、つまり、住宅街全体が山林に囲まれていることになる。低学年の子がオオカミを見たと言いふらしているのだけれど、もちろん博士くらいの年齢になればそんなの信じていない。

「あのね、あのね、おにいちゃん。クラスの子で、オニババに会って、オオカミに嚙《か》まれそうになって、すぐに逃げてきた子がいるの。オニババは魔女なんだよ。魔女だから魔法を使って――」

「ばっかだなあ、そんなの嘘《うそ》に決まってるだろ」と言ったところで、ガタンと引き戸が開いた。

反射的に布団を引き上げて潜り込む。手にはしっかりとクワガタを握っていた。

「あんたたち、まだ寝とらへんの」

図鑑に熱中するあまり、つい時計を見るのを忘れていたのだ。

「隠れとらんと、顔、出しなさい」

母さんの声にしぶしぶ博士は布団から顔を出した。夏休みでも九時に眠る約束だから、きっと怒られるに決まっている。

なのに、母さんはなかなか言葉を投げてこなかった。

しげしげと見ると、なんとなく目尻《めじり》が濡《ぬ》れていた。

「あんたたち、死ぬときにまで必ず一緒にいてくれるものってなんやと思う？」

驚いて、博士は上半身を起こした。

「分かってるやろけど、母さんや父さんはあんたたちよりも早《はよ》う死ぬんやで」

「じゃ、おにいちゃん」と言ったのは美絵子。

「きょうだいやないわぁ。母さんも、父さんも、きょうだいと離れて暮らしとるやろ」

「じゃ、トモダチ」と博士が言った。

母さんはなぜか悲しそうに首を横に振った。博士は自分がすごく幼稚なことを言ったみたいな気がして恥ずかしくなった。

どんなに仲の良い友達でも、ずっと一緒にはいられない。母さんも学生時代の親友とは離ればなれで時々手紙を書くくらいなのだ。

「分からない」と博士は口をとがらせた。

「自分だけ、やわ。死ぬ時は自分だけ」

母さんはそう言って、目頭と目尻を指でぬぐった。この夜、母さんの好きなホームドラマで主人公の母親が孤独な死を迎え、母さんはいろいろ考えたのだと後で知った。

その時の博士には、「ジブンダケ」という言葉が強く耳に残った。

シヌトキハ、ジブンダケ。

でも、それは記号みたいな、呪文《じゅもん》みたいな訳の分からない言葉で、実感はなかった。

母さんが蛍光灯を消して、「おやすみ」と言った。

美絵子が布団の上をごろりと転がってきて、「おにいちゃん、ずっと一緒にいるよね。離れたりしないよね」とささやいたけれど、博士は無視した。

博士にしてみれば、目下の最大の問題はクワガタだった。暗い部屋でまたもこっそり、懐中電灯をつけ、図鑑の続きを見た。

ヒラタクワガタの斜め下にいるのは、姿の似たオオクワガタだ。このあたりにも昔はいたそうだけど、今じゃ見られないと農家の子の福ちゃんが言っていた。ずんぐりむっくりした体で不格好ですらあるのに、独特の艶《つや》があって黒い宝石みたいだ。

こういうのを手に入れられたら、みんなが注目してくれるのにと思う。博士はクラスの中でも地味なタイプだ。勉強はまずまずだけど一番ではない。自分に自信が持てないし、ほうっておいたら、みんなから忘れられちゃうんじゃないかと思うこともある。だから、頼りがいがある兄貴肌の福ちゃんとか、お調子者で人気があるタッキーとか、駆けっこなら誰にも負けないまーちゃんみたいなクラスの人気者たちから、一目置かれたくて仕方ないのだ。

しばらく漫然と同じページを眺めていて、急に心臓がドクンと脈打った。

オオクワガタのオスの立派な姿のとなりに描かれているメス……。そいつは博士の手の中のものとそっくりなのだ。

体にうっすら縦縞《たてじま》があるところなんて、ヒラタクワガタにはない特徴だし。

ひょっとしてオオクワガタ?

だとしたら、クラスのみんなが羨《うらや》ましがるのは間違いない。でも、メスじゃだめだ。

「ヒラタクワガタだべ」と、押しの強い福ちゃんに断定されて、おしまいになってしまう。

オオカミ山に行こう。博士ははじめて真剣にそう思った。

シヌトキハ、ジブンダケ。なぜか、不安な声が耳元で囁《ささや》いていた。

2

まだ夜は明けておらず、アスファルトは夜露でしっとり濡れている。四時に目覚ましをセットして、冷蔵庫の牛乳だけを飲んで、博士はこっそり家を出た。母さんが起きるのは六時くらいだから、それまでに帰ればいい。

首にかけた青い虫籠《むしかご》を弾ませ、坂を上っていくと最後には行き止まりになる。コンクリートで固められた土留めの上にひょいと飛び乗って、雑木林の入口に立った。

空はもう明るくなっていたけれど、林の中は鬱蒼《うっそう》として夜がまだここにだけ残っているみたいだ。足を進めるにはささやかな勇気が必要だった。

博士は後ろから小さな足音を聞いた。振り向くと、おさげ髪の女の子が走ってくるのが見えた。「おにいちゃん、あたしも行く」と息を切らせて言う。

いそがしい母さんの目はごまかせても、美絵子を出し抜くのは無理ってことだ。まずため息をついて、「マムシが出るぞ」と言ってみる。

「大丈夫だもん。ハイソックスとズボンはいてきたもん。こうすれば平気だっておにいちゃん言ってたでしょう」

たしかに美絵子の足下はくるぶしまであるシューズと分厚いジーパンに覆われていて、

その点では普通のスニーカーに半ズボンの博士よりもずっと安全そうに見えた。博士はばつが悪くなって、「仕方ないなあ」と言った。

「でも、秘密だぞ。こんなとこに連れて行ったって分かると、母さんに怒られる」

「それなら平気。おにいちゃんが無茶なことしないように、ちゃんと見てあげなさいって、母さんに言われているの」

美絵子はまだ眠っている母さんの枕元《まくらもと》で、これからどこに行くのか告げてきたのだ。

博士はむっとして歩き始めた。

林の中に踏み込むとひんやりとした中に、もわっとした濃密な空気がまとわりついて、博士は肌が粟立《あわだ》つのを感じた。ごく自然に足が止まってしまう。

誰かに見られている感覚。鳥の声がまばらに聞こえるだけなのに、ここには無数の目がある。何百、いや、何万、何億ものいきものが息を詰めて博士たちに注目しているような。その中にはクワガタやカブトムシはもちろん、致命的な毒牙《どくが》をもったマムシだっている。

怖い、と思った。体がすくんで、足下がふわふわの雲のように感じられた。前に進むことができない。

シヌトキハ、ジブンダケ。

ふとその文句を思い出した。

木々の中で、自分がたったひとり孤立していて、ここで死んでも本当にひとりきりに違いなくて……そんなの嫌だ。

「さあ、行こっ」と言って、美絵子が先に歩き出した。

そうだ、美絵子と一緒だったのだ。

過敏になっていた感覚に紗《しゃ》がかかり、落ち着きを取り戻す。博士は美絵子を追いかけ、前に出た。兄が後ろからついていくなんて格好が付かない。強く意識すると、地にしっかり足がついて、どんどん前に体を押し出してくれるようになった。

「怖くないのか」と博士は聞いた。妹は元来、こういう場所は苦手なはずだ。

「あのね、あのね、おにいちゃん。オニババの魔女に会ったら、あたしお願いするの」

「オニババは、子供をオオカミに食べさせるんだろ。お願いなんて聞いてくれないと思うけど」

「でも、魔女だから、お願いするの」

美絵子の言うことはよく分からない。でも、ま、いいか。美絵子が明るい声で話してくれるおかげで、ずいぶん気持ちが楽になっている。

いきなり足が止まった。その後で、博士は何が起きたかに気づいた。自分の右足がぐにゃりとしたものを踏んづけている。それも強烈に臭《くさ》い。

「やだ、おにいちゃん……」美絵子が後ずさった。

足もとにちいさな野ウサギの死体があった。時々道路にも出てくるから野ウサギがいるのは知っていたけれど、こんな出会い方はちょっと困る。

「おにいちゃん、クワガタがたくさん……」

野ウサギの死体にはびっしり黒いものがたかってうごめいていた。

「シデムシだよ」

「だって、大きなあごがあるよ」

「あれで肉を切るんだ。甲虫だけど、クワガタじゃない」

博士はまた歩き出す。野ウサギが死んでいたって、そんなのたいしたことない。自分に言い聞かせて。

「ごめんね、おにいちゃん」しばらくして美絵子が言った。「さっきはびっくりしちゃったけど、もう怖くないからね。帰れなんて言わないでね」

身を寄せてくる美絵子をちょっと面倒くさそうにいなしつつも、「そんなこと言わないよ」と請け合った。美絵子がいなくなったら心細いと思っている自分を、ちゃんと意識している。

やがてクヌギの木が集まっているところについた。まだ暗いのでよく分からないけれど、樹液にへばりついている黒い体が見えた。つまみ上げるとコクワガタだった。それじゃつまらない。

「おにいちゃん、おにいちゃん」と美絵子の甲高《かんだか》い声。

「これ、大きいよ」と言って、近づいてくる。

博士は目を瞠《みは》った。薄暗い中でも大きいことだけは分かる。ひょっとしたら、と思ったのだけれど、オオクワガタではなかった。ただのヒラタクワガタだ。ついこの前までヒラタクワガタをほしいと思っていたくせに、今じゃ満足できなくなっている。それでも、いちおう採っておこうと思って、虫籠を開いた。

甲高くささくれ立った悲鳴が、耳元で響いた。

美絵子が差し出した指先に、クワガタの大あごがしっかりと食い込んでいた。博士があわててひっつかみ、取り外すと、悲鳴は、えっ、えっ、と声にならない嗚咽《おえつ》に変わった。

「まったく大げさだなあ」博士はつとめて明るく優しく言った。帰りたいなんて言われたら困るし。

「クワガタに挟まれたって大したことないよ。ほら――」

自分の指先を大あごの中にわざと入れて見せる。

ほら、なんてことないだろ。

と言おうと思った瞬間、目の前に星が飛んだ。漫画みたいだけど、本当に目の前がちかちかして痛みが鋭く突き刺さった。

「う、あ、わわわ……うぁー」と悲鳴を上げ、腕を振り回す。埒《らち》があかないので、もう一度手でつかんで無理矢理引っ張って外した。ものの十秒くらいのことだったのに、体じゅうに冷や汗が噴き出していた。息が荒かった。

「おにいちゃん、大丈夫？」びっくりして泣きやんだ美絵子がこっちをのぞき込む。

「大丈夫」と答えた。本当は大丈夫じゃなかったけれど。

指先にはヒラタクワガタの大あごのギザギザのひとつが突き刺さった、丸い小さな穴がぽっこりと開いていた。じんわりと血が滲《にじ》んできた。こんなにあごの力が強いなんて知らなかった。

博士は、はあと深呼吸してその場所に座り込んだ。

これじゃやっぱり意気地なしの「ハカセ」だ。博士《ひろし》という名前をそう読んで呼ばれるのは、まるで勉強しか取り柄がないみたいで嫌なのに、自分でもそれが似つかわしいと思ってしまう。

ひどく情けない気分だった。鋭い痛みの輪郭がぼやけて、だんだんたちの悪い鈍痛に取って代わり、ますます落ち込んでしまう。家に帰りたいなんて考え始め、でも、妹の手前、そう言うこともできなかった。

「あのね、あのね、おにいちゃん。これは、なにクワガタ？」

差し出した手の中には今度は、赤褐色の塊があった。

「わっ、これどうしたの」

「そこにいたよ」

指先の痛みを忘れてつまみ上げ、虫籠の中に放り込んだ。

ノコギリクワガタは格好良い。形だけでいえばナンバーワンだ。大きく、くの字型に曲がった大あごを見ているとドキドキしてしまう。

「さ、行こう」と博士は立ち上がった。ゲンキンなもので、ヒラタクワガタに挟まれたことなどもう忘れている。

しばらく行くと、いぶしたような深い茶色のがっしりしたクワガタを見つけた。博士は興奮した。ミヤマクワガタだったのだ。こんなところにもいるなんてすごい。

「あのね、あのね、おにいちゃん、宝石みたいなの」

弾む声に振り向くと、美絵子がTシャツにきらりと光るものをくっつけてこちらを見ていた。

「ね、きれいでしょ。お姫様、みたいでしょ」

青い金属質の輝き。なんなんだこれは。玉虫かと思ったけど、立派な大あごがあって、クワガタには違いなかった。

にわかに気分がさざめき立つ。

「こんなクワガタ、知らない」と博士がつぶやくと、美絵子が「きっとオニババの魔法なの」と言った。

本当にそうかもしれないとはじめて思った。

人里に近い山の中にこんなにたくさんの種類のクワガタがいるなんて。

ふと思い立って、博士は近くのクヌギの木を蹴飛《けと》ばした。

朝露が水滴になってざあっと落ちてきた。少し遅れて、だっ、というかんじの重たい音。地面を探すと、腐植土の上で裏返しになってもがいているそいつの姿が目に入った。

ノコギリクワガタだった。でも、普通のじゃなかった。

手に取るのさえためらうほどだ。

なぜって、そいつは体長が十センチ近くもあったから。

靴の先でひっくり返して、おそるおそる背中を持った。身もだえして大あごを閉じるたび、カチッカチッと硬い音がした。

静かに体が震えた。

日本のノコギリクワガタじゃない。図鑑に出ていた外国のやつなんじゃないだろうか。

「オオカミ山は魔法の森なの」

美絵子の声にかぶさるように、何か腹の底に響くうねりのような音が聞こえてきた。

くぉわぉーん。

文字にすればそんなかんじだ。音はだんだん大きくなって、博士はすくみ上がった。

オオカミはもちろん、オニババのことだって本当なのかもしれない。

「オオカミ山にはオオカミがいるの。オオカミはオニババが飼ってるの」

美絵子が取り憑《つ》かれたように歩き出す。

「行っちゃだめだよ」と肩をつかんでもふりほどいて小走りになる。

博士は後を追った。本当は逃げ出したかったけれど、そんなことできるはずがなかった。わずか三年ばかり早く生まれただけで博士は「お兄さんだから」といつだって責任を押しつけられる。泣き出したい気分だった。

すぐに追いついて、Tシャツの首に手をかけた。白い生地がぐわんと伸びて、美絵子が尻餅《しりもち》をついた。

その場で博士は立ちつくした。

ほんの数メートル先に、そいつがいたのだ。

濃い茶色の体で、額には白いまだら模様があり、充血した目をしていた。牙《きば》をのぞかせた半開きの口からは涎《よだれ》が垂れていた。体を伸ばして、くぉわぉーん、と吠《ほ》え、博士と美絵子を威嚇《いかく》した。

オオカミだ！

二人とも、食べられちゃう。

逃げようにも足が動かない。パンツの前のあたりが、生温かくしめった嫌なかんじになった。

オオカミが突然、くぅーんと、甘えたような声を出した。

オオカミに気を取られるあまり気づいていなかったのだが、背後には木で組まれた掘っ立て小屋があり、その扉がギッと音を立てて開いたのだ。

「こぅるぁ」と大声が響いた。

乾いていて、ざらついていて、男か女か分からなくて、とにかく怖い声だった。

「また、盗んだべさ。性悪どもぐわぁ。ひっつかまえて犬に食わしてやるべぇ」

「ひっ」と博士は声を上げた。

美絵子の腕をもぎ取るみたいに摑《つか》み、有無を言わさず駆け出す。

「逃がさんぞぉ。盗《と》ったもん、置いてきんしゃーい。この盗人《ぬすっと》どもぉ」

必死に走った。美絵子と一緒だからスピードを出せないけれど、心臓がはち切れそうに感じた。

コンクリートの土留めから飛び降りた時、ラジオ体操の音が聞こえてきた。博士はみんなが集まっているはずの広場を避けて、まっしぐらに家に戻った。

3

体長十センチのやつは、図鑑にも出ているインドネシアのキバナガノコギリクワガタにそっくりだった。本当にそうなのかは自信がないけれど、とにかく似ていた。それと玉虫色に光るやつはオーストラリアにいるニジイロクワガタのように思えた。

母さんはねぼけていて美絵子とのやりとりを覚えていないらしかった。二人がいつもより早くラジオ体操に行ったのだと思っていて、帰ってきた二人をとがめなかった。すでに用意してあった朝食をとってから、博士は虫籠の中からクワガタたちを出し、図鑑とじっくり見比べたのだった。

和室の畳の上に這《は》わせてじっと見ていると、ひたひたと満足感がこみ上げてきた。こんなすごいクワガタを飼っているなんて、クラスの友達にもぜったいにいないし、みんなに羨ましがられることは間違いない。

でも、なんとなく見せづらい気がした。

自慢してみても、「どこで採ったんだ」と聞かれたらオオカミ山のことを言わなければならなくなる。そんなことを言っても、誰も信じないと分かっていた。それに、博士はあのオニババのこともオオカミのことも忘れたかった。思い出すだけで追いかけて来そうな気がした。

トイレに行って戻る途中、誰かが転んだみたいなすごい物音がした。嫌な予感がして急いで戻ると、母さんが和室の隅に、真っ青な顔をして座り込んでいた。母さんは虫が好きじゃない。特に体が黒いやつはゴキブリを連想するらしくて、なんだってだめなのだ。

「博士、なんやのん、この大きいやつ」と鋭く言う。

「クワガタだよ」

「違うでしょ。こんなクワガタ見たことない」

「日本のじゃないんだ」

「じゃあ、なんであんたがもっとるの」

博士は言葉に詰まった。

「もらったんだよ。友達に」

「返してきなさい。大きすぎて気味が悪いわぁ。それに来週にはおばあちゃんちに行くんやから。こんなのもらっても、帰ってきた時には死んどるし」

たしかに新幹線に乗って行く里帰りの旅にクワガタたちを連れて行くわけにはいかない。

母さんが会社に出かけた後、博士はクワガタたちを見つめながら煩悶《はんもん》した。

こんなにすごいのに、こんなに格好いいのに、逃がさなきゃならないなんて……。

「でも、おにいちゃん。オニババが怒ってるから、返した方がいいよ」

最初、博士はなんのことだかよく分からずに思わず美絵子を見てしまった。

すぐにすとんと理解して、同時に体が震えた。

オニババは博士を盗人と呼んだ。なぜかは分からないけれど、きっとこのクワガタたちを盗んだと思われているのだ。

追いかけてくるんじゃないかと、急にまた不安になった。

耳までさけた口で、牙をむき出しにし、涎をたらしながら、オニババがやってくる。

頭の中ではあの声の主と、オオカミのイメージがごっちゃになっていた。

「あのね、あのね、おにいちゃん、いい考えがあるの」

またも博士は美絵子を見た。

「返しに行けばいいの。こっちも知らなかったんだから、返しに行けば許してくれるの」

「ば、馬鹿《ばか》言えよ」うろたえて、思わず声が震えてしまう。

「じゃあ、返しに行かない？」

返しに行くのは怖いけど、返さないのも怖い。

「返しに行くよ」と小さく言った。「だって、飼えないんだから。返さなきゃならないよ」

というわけで、なぜか嬉々《きき》として表に出た美絵子ともう一度オオカミ山に向かうことになった。

山道を歩き、虫籠からクワガタたちを取り出す段になって、博士はあらためて見惚《みほ》れた。これだけすごいやつらだから、惜しい気分になるのは当たり前だった。

気がついたら、美絵子がいなかった。あたりを見回した。でも、いない。

大声で呼ぶわけにもいかず、あたりを見回した。

「おにいちゃん、はやくー」と明るい声が響いた。

あわてて声の方へと走り、美絵子を見つけると、「大きな声、出しちゃだめだ」とたしなめた。

「あたし、オニババの魔女にお願いがあるの。クワガタはオニババに返せばいいの」

「オオカミに食べられちゃうぞ」

「だいじょうぶ。オオカミは首輪をしていたの。ちゃんとつながれてた」

博士は気づいてなかった。それで恥ずかしくなって、後を追いかけた。

やがて、例の掘っ立て小屋のところに出た。

オオカミはいなかった。それだけで博士は気持ちに余裕ができて、あたりを観察することができた。

小屋は不揃《ふぞろ》いの細い丸太を組み上げた粗末なものだ。まわりには切り倒したクヌギの木が転がしてあって、はがれ落ちた樹皮があちこちに散乱していた。

「こんにちはー」と美絵子がまたも明るく大きな声を出した。

博士は気が気でなかったけれど、表には出さなかった。

「こんにちはー、クワガタ返しに来ましたー」

返事はない。

オオカミもいないし、オニババも今はいないのだ。博士は胸をなで下ろした。

それでも、どこか不穏な感じがして、落ち着かなかった。

「オニババはいないよ。帰ろう」

クワガタをどこかに逃がして、すぐに家に帰るのが一番だ。

「こんにちはー」とまた大きな声。

博士は体を硬くした。

美絵子の大声のせいじゃない。その背後に、何かを聞いた気がしたのだ。

ぐ、ぐ、ぐ、というような変な音。

何者かが押しつぶされて、うめいているような。

博士は美絵子の肩に手をかけた。振り向いた美絵子に、指を口に持っていって黙っているように伝える。

ぐ、ぐ、ぐ、ぐ、とまた音がした。

博士は後ずさった。

音は掘っ立て小屋の中から聞こえてくる。

走り出そうとした矢先、美絵子が掘っ立て小屋の入口の小さな扉に駆け寄って、思い切り引き開けた。

「おにいちゃんっ」と鋭く叫ぶ。

おさげの髪の上からのぞき込むと、くらがりの中で何かがうごめいていた。

すぐに目が慣れて、それが簀《す》の子《こ》のようなものの上に横たわった人の体だと分かった。細く、皺《しわ》だらけで、枯れた木が転がっているみたいだった。

「オニババの魔女さん」美絵子が呼びかけた。

オニババは「ぐ、ぐ、ぐ」と声を漏らした。

指先だけがかすかに動いて、何かを指さしていた。その先には小さな棚があり、白い紙袋が載せられているのが見えた。

博士ははじかれたように美絵子を押しのけた。紙袋の中には錠剤とカプセルが何種類か入っていて、それをひとつずつ取り出した。近くにあった水差しからコップに水を汲《く》み、驚くほど軽い上半身を美絵子と二人で起こしてなんとか飲ませた。

ふと視線をあげると、扉の向こうに濃い茶色の細長い顔があった。ドキッとしてその場で後ずさったけれど、そいつはくぉうんと細く鳴くばかりで、朝のような迫力はなかった。魔法をかけられた人食いオオカミではなく、ただの大型犬なのだと気づいた。最初、息をしているのか分からないほど浅かったオニババの呼吸がゆっくりと戻ってきた。

「ありがとよ」息の浅いしわがれ声で言った。

「オニババの魔女さん。クワガタを返しにきたの。それとお願いがあるの」

美絵子が言うと、オニババは浅い息のまま、くくく、と笑った。

4

オニババは、「あたしゃ、オニババのままでいいべ」と言う。だから、博士はついぞ本名を知ることがなかった。オニババでは、聞こえも座りも悪いので、すぐに略してオニバと呼ぶようになったけれど、それで響きが画期的に変わるわけでもない。

薬を飲み下して、しばらくしてオニバは、むっくりと起きあがり、「はっ、礼を言っとくさね。盗人でも、命の恩人にはちがいないべ」と言った。

「しかし、具合が悪くなったのは、あんたらのせいさね。血圧があがると心臓に障る。医者からは、運動するなと言われてる」

その言葉には、さっきまで倒れていた人とは思えないほどの棘《とげ》があった。

「知らなかったんです。クワガタ、返しに来ました」博士はあわてて言った。

「なら、盗人ではないさね」

オニバは茶色く変色した前歯を出して、しーっと笑った。

虫籠から大きなクワガタを取り出して、枯れきった細いうでの上を這わせる。

「しっかし、立派なもんさね。坊主は運がいいさね。こいつは大物だべさ」

「なんでこんなのがいるんですか」おそるおそる聞いてみた。

「そりゃあ、あっしが育ててるからだべさ。見りゃあ、分かるじゃろが」

オニバはうでをぐるりと回して、あたりを指し示した。掘っ立て小屋の中には素焼きの植木鉢がたくさんあって、その中には腐葉土が盛られていた。クワガタの幼虫をこれで飼っていたのだと分かった。

それと、棚には一面が透明になった標本箱がいくつかかけてあり、その中に死んだクワガタの体がピン留めされていた。博士は思わず目を瞠った。すごかったのだ。博士がみつけたのよりも、一回り大きなクワガタたちがそれぞれの標本箱をぎっしり埋めていた。

「あっしが育てたもんだべ。こっからあちこち逃げ出すが、あっしのもんだ。なぜならこの山はあっしのもんだからさ」

オニバは愛《いと》しそうにクワガタに頰《ほお》を寄せた。

「ぜんぶ、おばあさんが、育てたの？」

「卵を産ませて、朽《く》ち木《き》を食わせ、冬は保温して、大きくするさね。こいつなんぞ、一四十万円で売れる大物だべ」

「十万円……」

博士は絶句した。そんなに高価なものなら、たしかに盗人呼ばわりされても仕方がない。とはいっても、それほど大事なものをどうして放し飼いにしておくのかはまったく謎《なぞ》だったけれど。

「ねえ、魔女さん――」突然、張りつめた美絵子の声。「あたし、魔女さんにお願いがあるの」

「はっ、あたしゃ、魔女かね。なんとでも言うがいいさね。で、願いとはなんだ。助けてもらったお礼に、かなえてやってもよいさね」

「あたし、おにいちゃんとずっと一緒にいたいの。でも、大きくなったら離れてくでしょう。お母さんは、死ぬときはきょうだいとも離ればなれだって。あたしはいやなの。でも、きょうだいは結婚できないっていうし。ねえ、魔女さん、あたしに魔法をかけて。それで、おにいちゃんとずっと一緒にいられるようにして」

「お嬢ちゃん、おにいちゃんと結婚したいのかね」

「うん、そうするの。ずっと一緒にいたいの」

博士は恥ずかしくて顔が真っ赤になった。そんなことを堂々と言うなんて、美絵子はどうかしている。

「そんなこと、できるはずもないさね。死ぬときゃあ、誰も一人さね」

美絵子が唇を噛んだ。博士もはっとして、オニバを見た。

シヌトキハ、ジブンダケ。

そんなに当たり前のことなんだろうか。

「まあまあ、お嬢ちゃん。それほど魔法がほしいなら、クワガタをやろうか。どうだ、坊主にはオオクワガタ、お嬢ちゃんにはミヤマクワガタ。クワガタは魔法さね」

「魔法のクワガタなの？」美絵子が体を乗り出した。

「そうさね。クワガタも魔法だし、この山も魔法だべさ。あっしは、こいつらに夏の間、山中で遊んでほしいのさ」

「うわあ、あたしはきらきら光るのがいいなあ」

「そうかね、じゃあ、ニジイロクワガタをやろうかね」

「でも、飼えないんです」博士はあわてて割り込んだ。「もうすぐおばあちゃんのところに行くんです。十日以上戻ってきません」

「なら、戻ってきてから、取りに来ればいいべ。そのかわり、こっちにいる間は、毎日、様子を見においで」

オニバは博士の肩越しに、視線をとばした。

「おい、ルーク」と呼びかける。「この子たちには吠えなくていいべ」

ルークと呼ばれた大型犬は、戸口でくぅーんと小さく鳴いた。

連日、オオカミ山に通う。ラジオ体操が終わって、いったん家に帰ってからあらためて外に出て、雑木林の小道をたどっていく。

オニバはたいてい小屋にいて、この暑いのにガスコンロで沸かしたお茶を飲んでいた。オニバの飼っているクワガタは本当にすごかった。数でいえばオオクワガタとミヤマクワガタが多いけれど、東南アジアや熱帯オーストラリアのものだって何十四かいた。そいつらが小屋の裏に囲われた網の中で樹液に群がっている姿は、見ているだけでドキドキしてしまうほどだった。ただ、その網はほつれて所々穴が開いていて、かなりの数が逃げ出してしまっているのだ。

「死んじまった亭主が、戦争でインドネシアに行っておって、その時に目えつけたビジネスさね」と言う。

それを聞いた時、二重の意味でびっくりした。

まずはビジネス、なんて似つかわしくない言葉をオニバの口から聞いたこと。それともう一つは、オニバが結婚していた、ということだ。錐《きり》みたいに細くて、枯れ木みたいにガリガリで、顔中皺だらけで、そもそも、博士はオニバが女性であることも忘れがちだった。それが、結婚もし、実は子供もいるのだと知った時、オニバが、オオカミ山のオニババから、普通のおばあさんへとすーっと置き換わった。

いまやオニバは、クワガタ好きの変なばあさんであって、それ以上でもそれ以下でもない。クワガタ好きだという一点で、博士とは趣味が合って、話題はつきなかった。

「ほんと、かわいいべさ。クワガタってやつは、なんというか黒々としてつやつやして——」

「黒い宝石みたい」

「そうだべさ。黒い宝石みたいだべさ」

そんなことを言いながら、指にオオクワガタを取り付かせていると、皺くちゃの人差し指の上でそいつが指輪のように見えてくる。目を細めたオニバは、ありし日々を語り、博士はそれにただ耳を傾けた。

山はオニバの家族のもの。山を持っているのだから、かなりお金持ちのはずだ。山の麓《ふもと》には、ちゃんとした一軒家があるらしかった。でも、早朝から夕方まで掘っ立て小屋で過ごし、身の回りにいつもクワガタを置いていた。

「あっしの亭主がね、手をかけた山だからね。ここでクワガタを育ててる間、亭主がすぐそばにいるような気がするからね」

「でも、もう死んじゃったんでしょう」

「そうだべ。何年も前に死んでしまったべさ。でも、死んでないさね。こいつらがいる限りね」

「ふーん」と博士は分かったような、分かんないような、なのだが、それでも心に不思議と響く部分があった。

美絵子は、大型犬のルークと意気投合（？）して、小屋の周りで遊ぶようになっていた。犬の方がずっと大きいので、遊んでもらっている、というような印象になる。博士としても手がかからずに楽だから、やはり、ここに通ってくる理由にはなるのだった。

とはいえ、博士がオニバの話に熱心に耳を傾けた第一の理由は、クワガタがほしかったからだ。さらに、聞いているうちに、博士はオニバの話が、そのまま夏休みの自由研究に使えることに気づいた。先生が挙げたいくつかのテーマの中に「郷土研究」というのがあって、地主であるオニバがここでどんなふうに暮らしてきたのかをまとめれば、そのまま通じそうだった。

オニバが一番、豊かでにぎやかな時間を過ごしていたのは少女時代だったという。歳《とし》の離れた兄と双子の妹と、友達も多かった。落花生畑で男の子も女の子も関係なくチャンバラ遊びに興じた。棒きれを刀に見立てて斬《き》り合うのが、なにしろその当時の代表的な子供の遊びだったのだそうだ。

十代の半ばになると、すっかりいい娘になって、あたりの若い男たちの注目を浴びるようになった。とにかく色白で京人形のような姿だということで、この地域一番の美人姉妹だったのだそうだ。もちろん自分で言っているだけだから、博士は信じていない。

戦争が始まって、兄が出征し、家族と地元の人たちは万歳三唱して送り出した。半年後、兄は南洋で戦死した。オニバも妹も同じ時期に結婚し、すぐに出産し、それぞれ夫を戦地に送り出した。だから、オニバにとって戦中戦後の苦労は、子育ての苦労なのだった。

夫は復員してきた時に、小さな朽ち木の中にクワガタの幼虫を仕込んで持ち帰った。とにかくそういうのが好きな人で、戦地での負傷が癒《い》えるまでの何年間か、ずっと趣味でクワガタを育てていたそうだ。

やがてオニバの父親が亡くなって、オニバは山の半分を相続した。オニバと夫はクワガタを山で飼うようになった。そして、ちょうどその頃《ころ》始まった戦後の最初の好景気に乗って、全国のクワガタマニアに通信販売するようになった。

以来、二十年以上、オニバはクワガタを飼ってきた。息子は成人して、結婚し、孫も三人いる。でも、今はオニバはひとり暮らしだそうだ。

「息子は東京の大学にやったら、そのまま帰ってこん。妹はごうつくばりになって、先祖からもらった山を売って家を建てさせよった。ほら、あんたらが住んでるあたりの元地主だべさ。今じゃ、あっしと顔を合わせても挨拶《あいさつ》もせん」

「友達は？」と博士は聞いた。

「はあ？」とオニバは聞き返した。

「オニバは友達はいないの」

「友達ちゅうたら、ルークくらいだべさ」

「犬だけなの」

「みんな遠くに行きよる。死んだ奴《やつ》、息子んとこに越した奴、寝たきりで動けん奴。こんな歳になりゃあ、友達なんぞないさね。ルークだけが、あっしを裏切らんよ」

「そんなの淋《さび》しくないですか」

「いんや、あっしはここから離れられんね。クワガタはジンセイだべさ。こん山ぜんたいがあっしと亭主の命だべさ。だから、あっしらは死なん。心臓が止まって、おっ死《ち》んでも、こんクワガタが生きとる限り、山全体で生きてるさね」

蟬《せみ》の声すら聞こえない静かな雑木林の中で、博士にはそれがとても大事な言葉のような気がして、でも、その意味を全然、つかみ取ることができなかった。

息を切らせた美絵子が小屋に駆け込んできたのは、博士たちが里帰りする前日だった。

「オニバ！　おにいちゃん！　ルークが！」と叫ぶように言った。

オニバは持病の心臓疾患のために病院に行って帰ってきたところで、「せんせにゃあ、心臓さえ養生すりゃ百まで生きるって言われたさね。まだまだあっしはくたばらん」というようなことを話していた矢先だった。

博士とオニバを前にして、美絵子は顔全体を微妙に震わせて今にも感情を爆発させそうだった。

「ルークが、ルークが」とうわごとみたいに言う。

「どうしたの」と聞き返しても、うまく説明できず、同じ事を繰り返すばかりだった。

博士は掘っ立て小屋の外に出た。

ルークの大きな体が横たわっていた。大きく開けた口からは涎が垂れ、ひくひくと体を痙攣《けいれん》させていた。

「咬《か》まれたの。蛇に咬まれたの」

オオカミ山にはマムシがいるから行ってはいけません。

そう言われていたのをしばらくぶりに思い出した。

「ルーク、ルーク、おい、ルーク、どうした、どうした」

オニバの声は乾燥し切っていて感情が乗らない。それだけにむしろ胸に迫ってくる。博士の目には、オニバの影が薄く輪郭がぼやけて見えた。大事な家族をなくして、自分ももう半分遠い世界に旅立ってしまったみたいだった。体にはもう体重が残っておらず、もしもこれで百まで生きたら、影だけになってしまいそうだった。

5

博士は新幹線に乗っている間、しばしばオニバのことを思い出した。ルークが死んでしまって意気消沈しているのに、オニバはこんなふうに言ったのだ。「あっしには、この山があるさね。心配せんでいい。ルークもここに埋めてやるべ」本当にそんなんで納得していいのか博士には分からなかった。だって、オニバは「たったひとりの友達」を亡くしたのだ。いかに山があっても、クワガタがいても、友達のかわりにはならないと思うし。

新幹線の中でずっとふさぎ込んでいたものだから、勘の良い美絵子が察して「オニバのことを考えているでしょう」と言った。

「オニバ、かわいそうだよね。あたしとおにいちゃんが、オニバの友達になったげればいいよね」

「そうだね」と言いつつ、博士は胸に痛みを感じた。

本当に仲の良い友達って、博士にはまだいない。学校のクラスメイトはもちろん友達なのだけど、心を開いて話せる本当に仲の良い親友とは違うと思うのだ。だから、オニバの仲良しの友達になるなんて軽々しく言えない。

それに、もしも友達になっても、ルークみたいに一緒にいられるわけじゃないのだ。夏休み中はともかく、新学期が始まれば博士は結構忙しい。毎日学校があるし、放課後は図書委員だし、予習復習しないと母さんが怒るし……。

友達はいずれ離れていく。

母さんの言葉が耳に響いた。

「友達はそのうちに遠くなるよ」と博士が小さく言ったのを聞きつけて、美絵子は「あたしとおにいちゃんは、ずっと一緒だよ」と主張した。

「ね、おにいちゃん」と言われても、博士は「そうだよ」とは言えなかった。

博士の両親は二人とも関西の出身で、一度の帰省で両方の実家に泊まることになる。今回はそれぞれ五日ずつ。

父さん側の実家では、近くに里山があって、博士はやんちゃないとこたちと一緒にカブトムシを採った。不思議とクワガタにはあまり出くわさず、せいぜいコクワガタがいるだけだった。カブトムシを持ち帰ろうかと思ったけれど、その後で母さんの方の実家にも行くので、あきらめた。別に残念とも思わなかったのは、オニバとの約束があるからだった。カブトムシよりも、オニバのクワガタの方が断然すごい。

母さんの実家では、おじいさんが半年前に亡くなったばかりで、博士ははじめて仏壇に向かって手を合わせた。母さんは博士たちの学校を休ませたがらず、葬式には一人だけで出たのだ。「おじいちゃんは、死ぬときひとりだった？」と美絵子が遠慮のない質問をするのにはらはらしつつ、博士自身もおじいさんの最期ってどうだったのか気になってならなかった。

長年患《わずら》った肝臓病のため、最後は病院の集中治療室に入り、博士の母さんや、おばあさんに看取られたそうだ。本人はもうずっと意識がなく、心電図が平坦《へいたん》になって、それで「ご臨終です」ということになったのだという。仏壇に飾ってある写真は病気がひどくなる前のもので、博士がよく知っているおじいさんだったから、それに向かって手を合わせても何も実感が湧《わ》かなかった。

「死ぬ時って淋しかったと思う？」と美絵子が聞いた。

「さびしないわ」とおばあさんはすぐに答えた。「死ぬ時には、お釈迦様《しゃかさま》が迎えにきてくださるから、さびしないんや」

「神も仏もないわ。死んだら同じやろ」と言うのは、宗教嫌いの母さんで、神様がいない世界では死ぬ時にひとりきりなのだと博士ははじめて気づいた。神様や仏様が本当にいるのか博士は知らない。普段意識することはなかったし、いてもいなくてもどっちでも変わらないと感じていた。

でも、どうなのだろう。オニバは信じているのだろうかとふと思い、それでは、マムシに咬まれて死んでしまったルークはどうだったのかと考えた。もしも犬の神様がいれば、犬は死ぬ時に淋しくないのだろうか。

帰りの新幹線ではどことなくそわそわしてしまい、一刻も早く帰りたいような、まだ帰りたくないような相反する気分で、「オニバどうしてるかなあ」と再会を楽しみにしている美絵子にも曖昧《あいまい》な返事をするだけだった。

年長のいとこがもういらないからとくれた「ジュニアチャンピオンコース」を読んでいると、地球はいずれ巨大化した太陽に飲み込まれるとか、宇宙はいつか冷え切って死ぬと書いてあった。それは何億年も先のことだから自分に関係あるわけないのに、逆にぼくもそんなに遠からず死ぬのだと思い怖くなった。

そこで名古屋を過ぎたあたりで、やはりいとこがくれた漫画の『ポーの一族』に切り替えた。今度は永遠の生命を持つ人たちが主人公で、死なないってこともひどく淋しいものなのだと感じ、訳が分からなくなった。やはり、帰りたいような、帰りたくないような複雑な気分のまま東京駅について、ローカル線に乗り換え、あとは二時間ほどで自宅なのだった。

ここまでくると夏休みはもうほとんどおしまいだ。宿題を片づけなきゃならないし、前半の暢気《のんき》な気分ではもういられなくなる。まだ宿題の少ない美絵子は気楽なものだったけれど、博士はちょっと焦らなきゃならない程度には宿題が山積みだった。

ひさしぶりに自分の家で過ごす夜は、疲れのせいですぐに寝付いたものの、深夜に何度か目を覚ました。聞こえるはずもないオオカミの遠吠えが聞こえたみたいでドキッとしたり、耳元をがさごそクワガタが這う音がなぜか聞こえてきたり。

朝、母さんが出かけると、博士はすぐに家を飛び出した。美絵子は「ルークのお墓に手を合わせるんだよ。それから、オニバと友達になるんだ」とはしゃいでいたけれど、博士はただ気持ちが重たかった。

雑木林は相変わらず静かで、鳥の鳴き声さえまばらで、生き物の気配なんてしないのにあちこちから見られている気がするのも同じだった。ジーパンにハイソックスにくるぶしまでの靴。マムシ対策は万全だから、怖いとは思わない。もっと別のものが博士を落ち着かなくさせていた。神様に見られてるってこんな気分だろうかとも思ったけれど、それも見当違いな気がした。

やがて掘っ立て小屋の前に出ると様子が違った。それまでの静けさとは正反対の、もっと生々しいものを感じた。

最初に気づいたのは小さな羽音を立てて飛び交う虫だった。よく見るとそれらのほとんどは蠅《はえ》で、それも、むちむちに太った大柄なものだった。そいつらが所々空間を黒く染めるほど密集していた。それと地面に延々と続いている蟻《あり》の行列。掘っ立て小屋のあたりから四方八方に列が延びていた。

足下にクワガタが群れていた。

と思ったら、シデムシの大群だった。土がすこしえぐれていて、そこから形の崩れた肉片が見えていた。ルークだ。オニバの力では穴を充分に深くできなかったのだろう。

臭《にお》いに気づいた。

土の中のそれとは違って、小屋の方から漂ってきた。一歩ごとに強くなって、ほとんど耐え難いまでになった。

「おにいちゃん……」美絵子がシャツの袖《そで》を引っ張った。

ここに来た時、最初から博士はそんな気がしていた。でも、まだ認めたくなかった。これから先、ほんの二時間後には、博士の通報のせいでこの広場には警察が押しかけ、野次馬たちもやってくることになるのだけれど、博士はこの時点ではただ自分が気づいてしまったことに無理矢理気づかないふりをしていた。

ぐ、ぐ、ぐ、と音がした。いつかと同じように。

自然と足が前にでた。もしも、オニバが倒れているなら、助けなければならない。

ドアを滑らせたとたん、黒い風が噴き出した。蠅が雲になって飛び去っていく。けれど博士は蠅の群れよりもむしろ、強烈な臭気に殴られたみたいになってよろめいた。

博士の背中に隠れていた美絵子が、背伸びして肩越しにのぞき見て体を硬くした。博士は反射的に腕を回し手で美絵子の目を覆った。

「見ちゃだめだ。美絵子は見るなよ」

美絵子の震えが伝わってきて、博士も泣きたくなった。

「おにいちゃん、オニバは死ぬときはひとりだった？」と美絵子が目隠しされたまま聞いた。

「ひとりじゃなかったよ。クワガタが一緒だったし、お釈迦さまやルークやだんなさんが迎えに来たよ」

本当かなと思う。オニバはそういうのを信じていただろうか。目の前の現実は、迎えに来たのは、蠅や蟻だったというのに。

ぐ、ぐ、と声がした。体が少し動いた気がした。

冷や汗が噴き出して、博士は見たくもないのに凝視した。

動いたと思ったのは、黒い虫だった。クワガタが、大あごで肉を引きちぎっている。

いや、動いているのはシデムシだ。標本箱のクワガタが落ちて散らばっているけれど、実際にうごめいているのはクワガタよりも小ぶりの大あごを持った屍肉《しにく》あさりのシデムシだった。

動悸《どうき》が高まり、けれど博士の感情は麻痺《まひ》してしまってぼんやりしたままだった。結局、オニバのことは何も知らない。本当の名前だって知らなかったのだ。友達になる時間もなかった。

「淋しくなかった？　オニバは死ぬときも淋しくなかったの」美絵子が重ねて聞いてくる。

「うん、淋しくなかったよ」

確信がないまま答えた後で、急に心の中で感情が膨《ふく》れあがった。おしっこをちびりそうになって、でも膀胱《ぼうこう》の中は空で、腰がきーんと痛くなった。怖いのだと気づいた。

目の前の死ではなくて、自分自身の母さんや父さん、そして、いずれはおとずれる自分や妹の死。オニバのことはもうどうでもよかった。

「オニバは死ぬのは怖くないって言ったよね。きっと怖くなかったよね」

博士は答えることができず、そのかわりに力任せに妹の体を抱きしめた。

「ぼくたちは——」博士は声を絞り出した。「ぼくたちは、死なないんだ。絶対、死んだりしないんだ」

声のかすれがそのまま体に伝わって、美絵子のではなく自分自身の震えが立ち上がってきた。妹のしっかりした温《ぬく》もりすら、博士を不安にさせた。
博士はじっとりと汗をかき、妹を抱きしめたまま、その場から動けなかった。

Ⅳ

川に浮かぶ、星空に口笛を吹く

1

「だいたいこの宇宙には、数え切れないくらいの星があって、宇宙人がいない方が不思議なのだよ。ＵＦＯが飛んできていないと考える理由などないのだ。ハカセ君は夢のないことを言うが、地球上に宇宙人はもういるのだよ」

サンペイ君は断定的に言うと、鼻水をすすり上げた。夏でもすぐに鼻水を垂らすのはサンペイ君の専売特許で、六年生になっても洟《はな》たれ小僧のままだ。そのくせ、変に理屈っぽく、博士はそんなところがおかしいやら、おもしろいやらで、いつも笑ってしまうのだ。

二人が話をしているのは、一時間目が始まる前の教室だった。一学期の終業式まであと一週間を残すだけで、空気がなんとなくそわそわしている。

「おれは宇宙人なんてウソだと思うべ」と声がした。

体が大きくて堅太りの福ちゃんが、聞き耳を立てていたのだ。いや、聞き耳というか、まわりには人垣と言っていいくらいの人数が集まっていて、いつの間にか二人が注目を集めていたことに、博士はびっくりしてしまった。

「地球に来てるんなら、出てこんのは卑怯《ひきょう》だべ」

「えーっ、わたしはいると思うな。というか、来てるんじゃないの。その方が楽しいもん」

これは元委員長の小林さん。小林さんは女子の中では大柄で、機転が利いてはっきりものを言うから、男子からも一目置かれている。

「だから、我々は見たのだよ」

サンペイ君が珍しくムキになって言った。

「な、そうだろうハカセ君。我々はUFOを見たのだ」

「そうだね、UFOって、未確認飛行物体って意味だから。たしかにあれは未確認だし……」

博士が言った瞬間に人垣がきゅっと窄《すぼ》まって、息苦しくなるのを感じた。テレビ番組なんかの影響もあって、UFOというとみんな目の色が変わってくる。人垣の大きさもそのせいなのだ。

「事件」があったのは、この前の土曜日のこと。釣りからの帰り道、空の開けた原っぱの道をサンペイ君と二人で自転車を押して歩いていると、急に小さな光が目に入ってきた。博士の目には遠くの飛行機か人工衛星のように思えたのだけど、じっと見つめているとジグザグコースを描いているようでもあった。あれはなんだろうと話し合って歩くうち、正面の空をすーっと光の筋が流れた。

「着陸したぞー」サンペイ君が素《す》っ頓狂《とんきょう》な声をあげた。

「ハカセ君、急ぐのだ。あれはＵＦＯなのだ。ＵＦＯが着陸したのだよ」

　返事も待たずに、自転車に飛び乗る。サンペイ君はすごく頭がいいのにＵＦＯについてだけは、なんでもかんでもすぐに信じたがる。

　自転車をこぐうちに雑木林の中の小道の向こうに黒々とした塊があらわれた。直径二十メートルほどのこんもりした小山だ。このあたりでは一番大きい古墳で、鬱蒼《うっそう》としているからみんな不気味がってあまり近づかない場所だった。

「むむ、あそこにＵＦＯが着陸したに違いない。何かの本で読んだことがあるのだ。古代遺跡はＵＦＯの基地に使われやすい、とね——ほら、そこに宇宙人」

　博士はブルッと体を震わせた。冗談だと分かっても、怖かった。

「いるわけないじゃん」と言いかけて、サンペイ君の様子が変だと気づいた。

　口を開いたまま、博士の背後を見つめている。

　振り向くと、背の高い影がこっちに向かってくるのが見えた。

ひゅっと鋭い音を立てて、博士は息を吸い込んだ。そのまま、息を止めて、駆けだした。一度だけ振り向くと、それがちゃんと人間の形をしているのが分かった。大柄な若い男のようだ。でも、きっと人間じゃないんだ。よくテレビや雑誌で紹介される背の高い宇宙人！　額がつるりとして、長い髪が左右にながれていて、それがもじゃもじゃで……すごく宇宙人ぽい。

そういえば、宇宙人が人間を誘拐したって話を聞いたことがある。そのことが頭の中にちらついて、必死になって逃げた——。

というようなことを説明し終えると、誰《だれ》からともなく「なーんだ」という声があがった。宇宙人の基地だとか、話が大きすぎるし、またナカタのほら話か、という雰囲気になる。博士だって家に帰って頭が冷えた後は、やっぱりあれが宇宙人のはずはないと思いなおして、さっきからそのことでサンペイ君と言い合っていたくらいなのだ。

それでも、サンペイ君はどこふく風だった。

「信じない奴《やつ》はそれでもいいさ。とにかく宇宙人は来ているのだよ」とうそぶいた。

五分前の予鈴が鳴って、人垣は急に崩れ始めた。これでUFOの話題はおしまいのはずだった。

でも、その時、「だーっ」と声がした。

お調子者のタッキーが、教室の後ろのロッカーのところから、人と人の間を縫うように跳びはねながら近づいてきたのだ。手足をバタバタさせるおどけた動作。

「おれ、宇宙人、見たことあるしゅよ」と舌足らずな声で言った。

みんなの視線が、タッキーに集まった。

子犬を思わせる濡《ぬ》れた大きな目を光らせ、手足をバタバタさせる独特のやり方でまた跳びはねる。タッキーは目立ちたがり屋だから、いつも注目を浴びるチャンスをうかがっている。

「宇宙人がいるでしゅ。宇宙人がいるでしゅ。近所にいるでしゅ」と歌うみたいに繰り返した。

「誰のことなんだよ」と福ちゃんが強く言い、タッキーが「それは――」と返事をしかけた瞬間に教室の扉が大きな音を立てて開いた。

五年生から持ち上がりの柿崎先生が、「席に着けー」と野太い声で言って、タッキーはみんなの注目を集めたまま得意げに席に向かった。

2

宇宙人の名はコイケさんと言う。なぜ名前を知っているかというと、表札で確認したからだ。町の外れにある古いアパートの一階の端の部屋がコイケさんの住居で、ドアの隣に張られたプラスチックの板には、マジックで「古池」と書かれていた。

でも本当は、コイケさんじゃない。フルイケ、と読む。表札にはしっかり振りがなまで振られているのだから間違いない。それなのに、タッキーはコイケさんだと言い張った。

「コイケさんは、いつもチキンラーメンを食べてるしゅ。だから、フルイケじゃなくて、コイケ」

「なんでそこまで知ってるべ」と福ちゃんが聞くと、えへへと笑っていったん道路まで戻り、アパートと同じ敷地に建っている一軒家を指さした。

「あれが、うち。このアパート、うちの」

なんとタッキーの家はコイケさんのアパートの大家さんで、二階にあるタッキーの部屋からはコイケさんの部屋が丸見えなのだという。

「ふむ、きみのうちは、離農してアパート経営をしているというわけなのだね」訳知り顔のサンペイ君が麦わら帽を目深《まぶか》にかぶり直し、大きくうなずいた。

「それにしても、なんでコイケさんが宇宙人なわけ」と博士は横から聞いた。

「こっち、こっち」

タッキーが手招きする方へ、福ちゃん、サンペイ君、博士の順でついていった。

ちなみに、この三人が、きょう学校で決まった「調査委員会」だ。タッキーの言う宇宙人を徹底追及する役で、授業が終わってから、タッキーについてやってきた。

というのも、タッキーの宇宙人話について、昼休み、本当かどうか大騒ぎになったからだ。タッキーは家の近くに宇宙人がいるというだけで具体的なことは何も言わずへらへらしていたのだけれど、サンペイ君が「その可能性は高いのだ」なんて請け合い、「本当だったら面白いっ」と小林さんなどの女子がたきつけたものだから、結果として、クラスの雰囲気が「宇宙人は地球に来ていて、身近なところにいる」という方向に傾いた。

あまりに話が出来すぎてると思って「証拠が足りない」なんて言うと、「つまんないことをいう奴」って目で見られてしまう。話を全然信じられない博士は、小さくなって丸まっているしかなかった。すごく嫌な感じだった。サンペイ君がUFOに入れ込むのはいいけど、理にかなわないことを言って博士の意見を頭から否定するのは腹が立った。

「そうだ、調査委員会を結成するのだ」とサンペイ君が言い、にわかに調査委員会がつくられることになり、博士はなかば意地になって「委員」に立候補したのだ。

そして、放課後、調査はタッキーが示したアパートから始まり、「コイケさん」という宇宙人の名前も分かり、今やさらなる秘密に迫るところまできている……というわけだった。

すばしっこく先に進んだタッキーは、「ここ、ここ」と指さしながら、三人を待っていた。アパートの裏側、つまり、タッキーの家の庭に面した側でコイケさんの部屋のちょうど前だ。網戸に手を伸ばし、ガラガラと音を立てて開けた。内側のガラス窓は数センチだけ開いており、タッキーは手を差し込むと、何のためらいもなく開けてしまった。

「暑いから、みんなこうしてるしゅ。不用心しゅよね」

悪びれもせず言うと、靴を脱いでひょいと部屋の中に上がってしまう。

あっけにとられた博士がためらっているあいだに、福ちゃんとサンペイ君が部屋に入り込んだ。

「どうしたのだ、ハカセ君。これから宇宙人の証拠を探すのだ」

サンペイ君に手をさしのべられて、博士はやっと我に返り靴を脱いだ。

部屋の中は猛烈に暑く、ツンと刺すような異臭が漂っていた。

流しに無造作に重ねられているスープの残ったラーメンの器から漂ってくるらしかった。

うなじに嫌な感覚があった。

ちょうど直射日光が射《さ》している西側の窓を見て、博士は思わず後ずさった。

そこに、いたのだ。

宇宙人だった。

そいつの顔だけが宙に浮かび、じっと見つめている。

ダダ！

ウルトラマンに出てきた宇宙人。壁を抜ける能力があって、どこに逃げても行った先で待っている不気味な奴。博士はシリーズの中に出てくる怪獣や宇宙人の中で、こいつが一番怖かった。夜、夢に見ておねしょをしてしまったことがあるくらいで、この時も、じーんとおちんちんの先が熱くなった。

「ほら、こいつでしゅ」とタッキーの剽軽《ひょうきん》な声。手をバタバタさせながら、博士の前にやってきて、ダダの顔をむんずと摑《つか》んだ。

博士はあっけにとられて、その場に立ちつくした。

「ふむふむ、なかなかよくできているね」

「おーっ、本物みたいだべ」

サンペイ君と福ちゃんが口々に言って、博士にもようやく事態が分かってきた。

そいつは本物のダダなのではなくて、胸から上だけの像なのだった。ギラギラする逆光のせいで、棚の上に飾られているのが浮かんでいるように見えた。

隣にはさらにメトロン星人や、イカルス星人の胸像があって、それぞれ本物みたいにリアルだった。博士はますます嫌な気持ちになった。

「こっちも凄《すご》いしゅよー」

あわただしい手つきでタッキーがダダの胸像を置き、今度はイカルス星人を持ち上げた。耳が大きくて髭《ひげ》もじゃで、テレビでは剽軽なかんじもしたけれど、この胸像は半開きの口からこぼれた牙《きば》が強調されていて、まるで違う宇宙人みたいだった。

「こんなもんつくってどうするべよ」と福ちゃん。

「夜通しつくってるしゅ。時々、こいつらの周りで変な踊りを踊るしゅよ」

タッキーは大きな目を見開いて、その変な踊りをくねくねと再現してみせた。

「ここんとこ、夜になると、こーんなおっきいバッグを持って出かけて、なかなか帰ってこないしゅね。あれも怪しいしゅ」

ふと博士が足下に目をやると、そこに大きな黒いキャンバス地のバッグが転がっていた。

「これのことかな」

持ち上げてみると、ずいぶん軽かった。中は空だ……と思ったら、ビニール袋の束と、泥のこびりついた銀色のスコップが出てきた。

「それだけかよ」福ちゃんが不満げに下唇を突き出した。もっと宇宙人らしいものを期待していたのだ。

「こっちもなかなか面白いね。この人、いや、この宇宙人はかなり研究熱心なのだよ」

サンペイ君が本棚を見ていた。

近づいてみると、宇宙人とかUFO関係の本がびっしり並んでいた。アダムスキーとか、エリア51とか、ロズウェルとか、そんな言葉が背表紙や帯に書かれているやつ。

「もし自分が宇宙人だったら、そういう本は読まないと思うけど……」

博士がぽつりと言うと、視線が集中した。なんだか居心地が悪い。

「だって、ほら、自分が宇宙人なわけだし、今更、本で読まなくても、知ってるわけだし……」

「おれだったら、自分のこと書かれた本があれば読みたいべ」と福ちゃん。

「そうだ、そうだ、読みたいしゅね」とタッキーが跳びはねた。

「その通り、それが自然な感情というものだよ、ハカセ君。ヒトは自分について言われていることは知りたがるものなんだ。それを気にしないでいるのは、むしろ才能というものだ」

サンペイ君は自分のことを言っているのだろうかと思って、吹き出しそうになった。でも、そもそも宇宙人って人間と似た感情を持ったりするのかなあ、と疑問に思う。もう口に出すことはしなかったけれど。

「ほら、これを見るのだ」とサンペイ君。

使い古された大学ノートが手の上で開かれていた。

「研究ノートだね。いろいろな理論が書かれているようだ……」

博士が顔を近づけて、そのミミズがのたうったような字を読もうとした時、突然、うわっと声がした。

続いて、グシュワッというような重たい音。

タッキーが呆然《ぼうぜん》と立ちつくしていた。足下にはイカルス星人の胸像。顔の左半分が割れて崩れている。

凍り付いたような数秒間の後で、タッキーはぴょこりと跳びはねた。

「やっちゃったー、やっちゃったー、逃げるしゅよー」

おどけて言うと、イカルス星人をほったらかしにしたまま、窓の外に飛び出した。気がついたら福ちゃんがその後に続いているし、サンペイ君ですら博士を追い越して窓の枠に手をかけていた。

博士は焦って、後を追った。窓からジャンプして着地に失敗し、膝《ひざ》を擦《す》りむいた。泣きそうになりながら走り始めて、でも、窓が開いたままなのが気になって、わざわざ閉めに戻った。そしてあらためて、ほかの三人が手招きしているタッキーの家の方に向かって全力で走った。

3

いったん家に帰って、早い晩ご飯を食べてから、ふたたびタッキーの家へ。母さんにはみんなで宿題をすると話しておいた。

タッキーの家には、博士が最初についた。家は天井が高い洋風のもので、玄関から呼びかけても音が吸い込まれてしまって響かない。二階から階段を下りてきたタッキーはやたら小さく見え、博士はなんだかいたたまれなくなった。

タッキーは一人きりだった。一人っ子だったし、お父さんは夜、飲みに行くことが多く、お母さんも毎日のように何かの習い事で遅いのだそうだ。自分だったらこういうのは嫌だなあと思った。いつもはうざったい妹の美絵子ですら、いてくれてありがたいと感じるだろう。

「こんなとこに一人でいるのって怖くない」と聞いたら、

「そんなことないしゅよ」と手足をバタバタさせておどけた。

タッキーの部屋は、八畳もある大きなものだ。ここも一人では淋《さび》しそうだけど、今夜にかぎってはそんなことなかった。博士に続いてすぐにほかの「調査委員」たちも集まって、部屋がむしろ狭く感じられるくらいだった。

「コイケさんは、遭難者なのだよ」とサンペイ君が言う。板張りの床に広げてあるノートは、さっきコイケさんの部屋から持ち出してきたものだ。

みんながサンペイ君に注目していた。この場の主役は部屋の主であるタッキーではなく、サンペイ君なのだった。タッキーは例によってへらへらして手足をばたつかせるばかりで、議論に参加しようともしない。主役を奪われて面白くないのだろうかと博士は思った。

「ソーナンシャってなんだべ」と福ちゃんが聞いた。

「ソーナンシャとは、遭難者に決まっているではないか」

「かわいそうな人なのよ。あ、宇宙人だから、ヒトって言ったら変かなあ」

そう言ったのは小林さん。小林さんは、「話が面白くなってきたら呼んで」と福ちゃんに頼んでいたのだそうだ。

それにしても、小林さんがここにいるとどこか場違いな感じがした。ジーパンに白いブラウス姿でも充分に女の子っぽくて、まぶしかった。髪なんて古風な三つ編みにしているのに、とても、あか抜けた感じがする。博士は学校の外で女子と会うなんて滅多になかったから、そのことだけでもどぎまぎしてしまう。

「つまりだね、コイケさんは異次元宇宙航行装置がついた高性能UFOで地球に来たにもかかわらず、故障のために地球に取り残されてしまったのだ」

サンペイ君によれば、何千年も前からコイケさんはずっと人間になりすましていて、いつか仲間が助けに来てくれるのを待っているのだそうだ。

「寿命が一万年ほどあるから、コイケさんもまだまだ若いのだな。古墳の下には故障したUFOが眠っている。コイケさんはやがて地球の文明が進んでUFOを直せるようになるか、仲間たちが気づいてくれるのを待っている。その間、敵対している宇宙人とは遭《あ》わないようにしなければならないから大変らしい」

「すげえなあ、映画みたいな話だなあ」と福ちゃんが素直に感心する。博士は、宇宙人が日本語でノートをつけているなんておかしい、と指摘しそうになって、やめた。全員に睨《にら》みつけられそうだったから。

さっきからずっと黙っていたタッキーが、「帰ってきたー、帰ってきたしゅー」と歌うように言った。いつのまにかタッキーは窓から下を見ている。

はっとして顔を見合わせた後で、みんなが窓のところに殺到した。

コイケさんの部屋の窓が開け放されており、しゃがんで丸まった男の背中が見えた。イカルス星人の胸像の破片を丁寧に拾い集めているみたいだ。顔は見えなかったけど、肩が落ちている気がして博士はコイケさんのことが気の毒になった。

コイケさんは低いテーブルの上にイカルス星人の破片を丁寧にならべた。そして、しばらくの間、小さなかけらをひとつひとつ、ちゃんと残っている顔半分につなげようとしているようだった。ここでも見えるのは肩までで、コイケさんの顔は分からなかった。

「ふむふむ、イカルス星人は、彼にとって重要な意味を持っているらしいね」とサンペイ君。「イカルス星人ってのは怪しい隣人を見つけた少年がウルトラ警備隊に連絡するところから始まる話だったのではないか。あはは、それってぼくたちみたいじゃないか」

かれこれ三十分近くテーブルの上で作業を続けた後で、コイケさんは立ち上がった。

「ラーメンっしゅよ。すぐにドンブリ持ってきましゅ」タッキーが歌うように言う。

タッキーのこれまでの観察では、コイケさんの夕食は主としてチキンラーメンで、そこに生卵を一個落とすという庶民的なものなのだ。

でも、コイケさんの姿はふたたび見えるところに現れなかった。ピイッと甲高《かんだか》い音が響いた。口笛だと思った。タッキーがぴょんと立ち上がる。

「コイケさんが出かけるっしゅ」

なにがなんだか分からないうちに全員が階段を下り、靴を履いた。道路に出たところで、コイケさんの後ろ姿が、曲がり角のあたりに見えた。部屋にあった大きな黒いバッグが、肩からぶらさがっていた。

角を曲がる時、ふとコイケさんの横顔が見えて、ドキッとした。もうあたりは薄暗いし、遠くからだからよく分からなかったのだけど、なぜか博士は鳥肌が立つのを抑えられなかった。

4

町中を流れる川は都川の支流だ。下水が直接流れ込むせいで、ひどく臭《くさ》い。みるからにドロドロで、時には犬や猫や烏《からす》の死骸《しがい》まで浮いている。特に夏の間は、川に沿った道を歩くだけで服に腐臭が染みこんでくるんじゃないかと思うほどだった。

そんな場所でじっとしていなければならないことが、博士は心底情けなかった。タッキーとサンペイ君と福ちゃんと小林さん、そして、博士。五人が息を詰めて、道路が川側にせり出した駐車スペースにうずくまり、三十メートルほど先の屋台を見つめている。

屋台は流しのラーメン屋で、その日の気分でどんなところにでも店を出す。今、コイケさんはひたすらラーメンを食べていた。まだまだ昼間の熱気が残っていて、屋台の存在自体が暑苦しく、川の臭気とあいまって、博士は息苦しくてならなかった。

「ラーメン、ラーメン」とささやき声で歌うタッキーは、コイケさんがやはりラーメンを食べたことで得意満面だ。手足をバタバタさせるものだから、福ちゃんに「静かにするべ」と鋭い声で叱責《しっせき》された。

みんな黙って静まりかえった時、コイケさんが席から腰を浮かせた。暖簾《のれん》を押し上げるように立ち上がり、ぐるりと周囲を見渡した。

暗がりの中でとはいえ、はじめてコイケさんの顔が正面から見え、博士は後ずさった。左右に分けられた、もじゃもじゃの長髪。てらりとした額。それは、博士がつい数日前、サンペイ君と一緒に出会った「宇宙人」じゃないか……。

「ねえ、ちょっと……」博士は隣のサンペイ君にささやきかけながら顔を近づけた。サンペイ君がブツブツ言っているのが聞こえてきた。

「宇宙人なのだよ、宇宙人。本当に宇宙人はいたのだ……」

熱を込めて何度も何度も繰り返していた。

本当にそうかもしれない……。

博士もはじめてそう思った。だって、コイケさんとは、この前、町はずれの大きな古墳でも会ったのだ。それも、未確認飛行物体《UFO》を見た直後に。今こういう形でまたコイケさんに会うなんて、話が出来すぎてる。コイケさんの部屋だってすごく怪しげだったし、こうも偶然が続くと疑ってばかりはいられなくなる。

コイケさんは、宇宙人かもしれない。

いや、きっとそうなんだ。

博士はこの瞬間、信じた。はじめて、そう信じた。胸が高鳴った。

屋台を離れたコイケさんが角に向かって歩いていく。タッキーが手足をばたつかせながら道に飛び出した。福ちゃんに頭をはたかれると、忍者のようなすり足にかわり、全員がその真似《まね》をして、コイケさんの後を追った。

五分とたたないうちに、小さなビルの脇《わき》の路地に入り込んだ。行き止まりのところに教育委員会が立てた古い看板があって、向こう側には小さな塚が見えた。看板の文字はかすれて読めなかったけれど、「なんとか古墳」と書いてあるのだと思った。またも古墳だ。

「ここにもＵＦＯが埋まっているの？」と博士は聞いた。

「こっちはＵＦＯ本体ではなく、異次元空間を使った遠距離通信装置くらいだろうね」

サンペイ君はもはや、コイケさんの権威《ケンイ》だ。博士の目にも、小さな古墳や手前のビルがひとつの巨大な装置に見え始めた。

コイケさんは、やおらロープで囲われた古墳の中に入り込んだ。

古墳は緑に覆われている。というか、まったく管理されていないので草ぼうぼうだ。高さ一メートルくらいしかなくて、コイケさんは頂上に着くと、しゃがみ込み、しきりと手を動かした。入口を開けるための隠しボタンを探しているのだろうか。かたわらのバッグの中をまさぐり、その時にきらりと光るものが見えた。

しばらくごそごそやったあとで、急に立ち上がる。そのまま斜面を下り、こっちに向かって一直線に近づいてきた。

気づかれたんだ！

身をすくめたら、数メートル手前で曲がってビルの中に入り込んだ。博士はほっと息を吐き出した。コツン、コツンと階段を上がる音が聞こえてきた。

「おいっ」と小さな声がした。同時にTシャツの袖《そで》が引かれる。

「タッキーが……」福ちゃんの声だった。

「あいつ、逃げたべ」

たしかにタッキーの姿がなかった。とにかく逃げ足が速いのがタッキーだから、今更おどろかない。みんなで何か悪いことをしていて先生に見つかったら、タッキーだけがいつの間にかいなかった、なんてよくあることだし。

「やっぱ、危ないんじゃなかろか。タッキーは、あいつのことおれたちより知ってて、逃げたんじゃなかろか」福ちゃんが言った。

「そんなことはないと思うのだよ」今ではむしろ、ぼくの方がよく知っているのだ」

「でも、ヤバイ宇宙人っているべ。な、大丈夫だべか」

「きみは大きな体をして、意外に臆病《おくびょう》なのだね。心配することはないのだ。彼は悪い宇宙人ではない。さあ、後を追おうではないか」

「でも、おれたちはイカルス星人を壊しちまったべ。きっと怒ってる。UFOで連れていかれたりしたら、どうするべ」

福ちゃんが震えながら小声で言う言葉は、やけにリアリティがあった。

帰ろうよ、と口に出そうと思った時、ざっ、と足を踏み出す音がして、小林さんが前に出た。

「おもしろそう――UFOに乗ったらどんな気分かなあ」

でもさ、連れていかれちゃったら、地球に戻れないかもしれないんだよ。小学生集団行方不明事件になって、二度と母さんや父さんやきょうだいに会えないかもしれないんだよ。そんなことを言いたくなったけれど、喉《のど》の奥に言葉が張り付いて出てこなかった。

「その通り、宇宙人というのは友好的だと思っていいのだ。地球を滅ぼそうと思えばすぐにでもできるのにしないで見守っているわけだからね。アダムスキーだって、ちゃんと帰ってきたじゃないか」

でも、帰って来なかった人はただの行方不明になってしまうわけで、UFOに乗った人が必ず地球に帰してもらえる保証なんてない。

「とにかく、今はコイケさんを追うのだ。宇宙人である証拠を摑んで、ぼくたちが敵ではないと知らせなければならないのだよ」

福ちゃんの肩が博士の肩に当たった。震えているのが分かった。このときほど福ちゃんのことを「仲間」だと思ったことはなかった。

ビルは四階建てだった。この町には高いビルはなく、せいぜいこれくらいのものだった。階段を上るのは、なぜか博士がしんがりで、背中にちりちりする感覚を覚えつつ、とにかく一生懸命足を動かした。ダダみたいに壁抜けができる宇宙人だったら、最初にやられるのは博士だから、気が気ではなかった。考えてみたら、コイケさんの顔ってなんとなくダダに似てるんじゃないだろうか。額が大きくて顎《あご》も突き出てて。

屋上のタンクの隣に、コイケさんを見つけた。背筋を伸ばして立ち、じっと空を見つめていた。しばらくそのまま動かずにいた後で、突然ピーッと鋭い口笛を吹いた。

と同時に、両手を夜空にかざした。ゆっくり左右に振りつつ、次第に右腕と左腕の揺れの周期をずらしていく。さらに腰を振り、足を前や横に突き出すような不思議な動作を次々と繰り出した。エビぞりになったり、片足で「グリコ」のポーズに近い形になったり、屋上の床の上で大の字になったり。両足を踏みならし、ウルトラセブンに向かってくる時のイカルス星人みたいな動きをしたり。

博士は息を呑《の》んだ。やっぱり、宇宙人なんだ！　だって、コイケさんの動き方、ぜんぜん人間っぽくない。どんなポーズの時にもかならず、手足頭腰のどこかが不自然にねじれていて、すごく変だ。

サンペイ君の背中がなぜか遠くなっていた。コイケさんが一心不乱に動いている間に少しずつ距離を詰めている。コイケさんは熱中するあまり、まったく気づいていないようだ。

サンペイ君は振り向いて博士たちを手招きした。小林さんが前に進むと、福ちゃんと博士もついていかざるをえなかった。

もうコイケさんは五メートルほど先のところにいる。サンペイ君はそれにあきたらず、さらに近づこうと足を踏み出した。

その時、コイケさんの動きがぴたりと止まった。

ゆっくりとこっちを向き、「だれだぁ」と低い声で言う。いったんしゃがんで下に置いてあった黒いバッグを持ち上げた。手には銀色に光るもの。

「光線銃だべ」福ちゃんが大きな声で叫んだ。そして、弾《はじ》かれたように駆けだした。小林さんもすぐに従い、二人の姿は階段の方へと消えた。博士はサンペイ君がぼーっと突っ立ったままなのに気づいた。シャツの首をひっつかんで、「こっち！」と言うとやっと走り出した。いったん走り出すと博士よりもずっと速かった。

「待てー、待ちなさいー」後ろから声が聞こえてきて、博士は足がすくんだ。階段の踊り場で足をひねって、そのままものすごい勢いで転んでしまった。受け身はとったけれどあちこちぶつけて、痛みに歯を食いしばった。

後ろから、足音が近づいてきた。

「待て、待ってくれー」と息を切らせて言う。「どうしてなんだ。きみたちだろ。ぼくをずっとつけている。ひょっとして、とうとう来たのか。迎えに来てくれたのか。きみたちは宇宙人じゃないのか」

博士は混乱した。

あんたこそ宇宙人じゃないかと思いつつ、宇宙人という言葉自体に反応してしまって、頭の中がぐるぐるまわり、結局「あわわわ」というような言葉にならない言葉しか、出てこなかった。

「教えてくれ、ぼくはどうすればいいんだ。どうやったら、UFOを呼べるんだ。五次元運動じゃだめなのか」

コイケさんは大げさな身振りで両手を振り回した。手に握られた銀色がきらりとまぶしく光り、博士は尻餅《しりもち》をついたまま、後ずさった。

「ハカセ君!」階段の下の方から鋭い声がした。「走るのだ!」

博士は立ち上がりダッシュした。コイケさんは「待ってくれー」と追ってきた。ビルの前のところで待っていたサンペイ君たちと一緒になる。

路地の奥の古墳を越えると、川が流れていた。サンペイ君が柵《さく》によじ登って、下に飛び降りた。すごい形相のコイケさんが古墳の頂上に見えて、福ちゃんも、小林さんも、博士も、いっせいに飛び降りた。飛沫《しぶき》が上がり、膝まで水に浸《つ》かった。

「こっちなのだ」

サンペイ君の先導で川を走った。最初は鼻がひんまがりそうだと思った臭《にお》いにもすぐに慣れた。上の方から、ピーッ、ピーッと鋭い口笛が響き、博士はますます足を速めた。

しばらくして、サンペイ君が立ち止まった。

川の上を道路が横切っている。

橋の下を水が流れているのだけれど、その中程に水門のようなものがあった。今は水面から引き上げられていて、博士たちを通せんぼする形で立ちはだかっていた。水面と水門の間には十センチくらい隙間《すきま》があるものの、とうてい人が通り抜けられそうにない。

サンペイ君は迷わずに背中から倒れ込むようにして水に浮いた。そして、そのまま水門に向かって流されていく。

博士はためらって、ほかの二人と目を見交わした。こんなに汚い川だし、いくら追いかけられるのが怖くても抵抗がある。

その時、またも、ピーッ、ピーッと口笛の音。なんだかさっきよりも近づいてきているような気がする。

三人ともあわてて、サンペイ君がしたように、仰向けに体を投げた。ぬるりとした水が服の隙間から流れ込んできた。すぐ隣に腐った動物の死骸が浮かんでいるみたいな強烈な臭いがした。

水門が近づいてきた。目の前を錆《さび》の出た金属板が通り過ぎ……次の瞬間、星空だった。

びっくりするくらいの星空だった。

博士は呆然として、降り注ぐ星々を見つめた。

流れが速くなり、少しひんやりしているのに気づいたのはしばらくしてからだ。臭いも薄らいできている。耳や頬《ほお》を撫《な》でる水流がさらさらしていて、さっきとは感触が全然違った。

ここは都川だと気づく。水門を越えてすぐのところで合流したのだ。

立ち上がろうと足を動かしたら、かなり深いと分かった。だから、じたばたせずに流されることにした。しばらくは魚になったふりでもして、宇宙人をやり過ごすのだ。やっと頭がまともに回転するようになって、コイケさんが手に持っていた銀色のものについて思い出した。あれをどう考えればいいのか……。だってあれは光線銃なんてものではなくて、ただのスコップだったのだ。

本当に宇宙人なんだろうか、とあらためて疑問が浮かんできた。どっちつかずの落着かない気分になる。

水面下の足や腕にコツッコツッと何かが当たるのを何度か感じた。ぬるりとした大きなものが膝の裏に触れた気がした。魚だろうか。だとしたら、かなり大きなものだ。気持ちがさざめき立って、そっちの方に意識の焦点がすーっと合わさった。

半ズボンの裾《すそ》の内側に、さらになにかがぬるりとぶつかってくる。強く吸われ、咬《か》まれるような感覚があった。

カムルチみたいな雷魚《らいぎょ》かも、と思った。

以前、遠くの町に住んでいた頃《ころ》、博士はヘビのような体に大きな口を持ったカムルチを見たことがあった。そいつは神秘的で、凶暴で、指先やおちんちんくらいなら引きちぎってしまいそうな魚だった。

博士は急に拳《こぶし》を握り、両足を内股《うちまた》気味に締めた。

怖いというのではなかった。むしろ逆だった。

なにはともあれここは川なんだと感じると、妙に安心した。博士はいつもそうだ。カムルチと会った時だって、転校してきた時だって、川の近くで博士はなにかを見つけた。だからきっと大丈夫なのだ。コイケさんは、ここまでは追ってこない。訳もなく確信した。

今度は星空がさらに圧倒的に降ってきた。

コイケさんが宇宙人かどうかなんて、どうでもよかった。

川の水の流れが心臓を貫いて、宇宙にまで繋《つな》がっている。

今この瞬間、ぼくたちはこの宇宙の中に生きていて、ぼくたち自身も宇宙人なんだ。

博士はほとんど無限の中に放り出され漂う気分だった。圧倒され押しつぶされそうなのに、体が飛び散って自分が薄く広がっていくようでもあった。

すると右手の指先に何かが触れた。それで博士は引き戻された。

最初はまた魚かと思った。でも、繊細な動きで博士の拳の指と指の間をまさぐるものだから、博士は反射的に拳を開いた。

小林さんが隣に浮かんでいた。博士はごく自然に小林さんと指を絡ませた。小林さんもきっと同じようなことを感じていたのだと博士は思った。懐かしいような怖いような、この川から続いていく無限の宇宙について。

今度は左の肩にゴツンと当たる感覚。福ちゃんが隣にいた。歯をガチガチ嚙《か》み合わせて、怯《おび》えきっているみたいだった。

「だいじょうぶ、コイケさんは宇宙人じゃないよ」博士は大声で言った。

「宇宙人なんかじゃないんだ。宇宙人はぼくらなんだ」

言葉と重なって、遠くからピーッと口笛が聞こえた。

どこか淋しげな感じもした。さっき暗がりで相対したコイケさんが悲しそうな顔だった気もしてきた。博士は返答するように星空に向かって口笛を返した。

満天の星空に強烈な光が走った。

流れ星とか、そういうのではなかった。明るさでいえば月ほどの光が、一直線に天頂から降りてきて、すぐに消えてしまった。

「UFOだ。あれはUFOなのだ。とうとうコイケさんの仲間がやってきたのだ」

少し前を流れるサンペイ君が興奮していた。

博士は反論しなかった。小林さんの細い指を感じながら、ただ魚になって流れ下った。

海は遠いし、宇宙も遠かった。

5

終業式までのほぼ一週間、クラスの話題は宇宙人のコイケさんで持ちきりだった。

あの夜の小さな冒険の結果、サンペイ君は「コイケさんは宇宙人」と結論をくだし、もはや誰も疑う者がいなくなった。タッキーは毎日、新しい観察情報を持ってきて、それをサンペイ君に解釈してもらっては、へらへら笑っていた。イカルス星人がちゃんと修復されて今度は別の宇宙人の制作を始めたとか、きのうのチキンラーメンには卵が二個だった、とか。タッキーのへらへら具合はどことなく卑屈で、博士は嫌だった。

博士はもちろん、一度は「コイケさんは、宇宙人ではないよ」と言ってみた。でも、誰も相手にしてくれなかったから、ふて腐れてもう言わなくなった。あとで小林さんが来て、「わたしもそう思う。コイケさんは、残念だけど、宇宙人じゃない。大窪君の考えのほうが説得力あるよ」と言ってくれなかったら、ふて腐れたままだっただろう。

「ナカタ君、すっかり人気者になっちゃったよねー」と小林さんは言った。そして、博士を見て、「大窪君も、もっと言いたいことを言えばいいのに」と付け加えるのだ。

「でも相手にしてもらえないし」

「そういう考え方がダメなのよ。だって、タッキーなんて、目立ちたいからってコイケさんのことでっち上げて、実際に目立ってるじゃない」

「別にぼくはあんなふうに目立ちたいわけじゃないし……」

タッキーは今じゃサンペイ君や福ちゃんのコバンザメみたいで、滑稽《こっけい》なくらいだ。

「でも、おもしろくない、と思ってる。自分だけ取り残されたと思ってる」

図星だったので、博士は顔を赤くしてうつむいた。

おもしろくないなら、おもしろくしちゃえ。それが小林さんの意見だ。そして、小林さんの言葉には、背中を押す力がある。

タッキーみたいに、あることないこと並べ立てて、おまけに卑屈に立ち回って注目されたって、博士はおもしろくない。じゃあどうすればいいか考えた。

それで、思いついた。

まずコイケさんのこと。ビルで会った時、コイケさんはUFOを呼ぼうとしていた。ほんの少し交わした言葉でそれが分かった。そのことが「使える」かもしれない。

それから、博士が六年生になってから続けている科学記事のスクラップブック。貼《は》り付けた記事の中で、間近に迫ったある天体イベントのことを説明しているものがあった。博士はそれを何度も読み返し、おまけに東京の天文台に電話して、詳しいことを教えてもらった。

さらに、大事なのはあのノートだ。サンペイ君の家に遊びに行った時に、水に濡れてくしゃくしゃになったノートをこっそり持ち出した。

そして、タッキーを訪ねた。

「今度は逃げないでね」と笑いかけ、その実、首根っこをひっつかむようにして、コイケさんの部屋の前まで連れて行った。

チャイムを鳴らして、ぬーっと出てきたあの顔を前に、博士はぺこりとお辞儀をした。

「どうもすみませんでした」

言いながら、逃げだそうとするタッキーのシャツを摑んで離さない。

「これ、お返しします。濡らしちゃってごめんなさい」

「あ、きみはあの時の……」

コイケさんはノートを受け取ると、中に入るように手招きした。博士はタッキーを引っぱって、臭いのきつい室内に足を踏み入れた。

部屋には小さなカンバスがイーゼルに立て掛けてあった。描きかけで分からないけれど、この町の空を無数のＵＦＯが飛び交っているシーンのように見えた。

「ぼくのトモダチが、もともとの原因です」

博士はタッキーをコイケさんの前に突きだした。その時のタッキーの怯えた顔ときたら！

「部屋に無断で入って、いろいろ荒らしちゃったの反省してます。ごめんなさい」

博士は、タッキーの頭を強く押し下げて、自分もぺこりと頭を下げた。

コイケさんは無表情だった。横顔は青白くて、不健康なかんじがした。もうそれほど暑くはないのに、顔から汗がぽたぽたたれていた。博士の言葉には反応しないまま、いったん席を立つとガスレンジで湯を沸かして、三つ用意したどんぶりに注いだ。

博士とタッキーと自分自身の前にでんと置いたのはチキンラーメンであり、タッキーの情報の中でコイケさんのラーメン好きだけは、圧倒的な真実なのだった。

「きみたちは、ぼくを迎えに来たのではないのだね」コイケさんが言った。

「はい、違います」

コイケさんは、ふうっと深いため息をついた。

「ぼくたちはコイケさんが宇宙人だと思ったんです」

「コイケ……ああ、フルイケっていうんだ。ぼくは」

「でも、ラーメンばっかり食べてるからって……」

一瞬きょとんとしてから、顔がひくひく痙攣《けいれん》する。びっくりして見ていると、痙攣が大きく爆発したみたいな笑いになった。

「本当に迎えが来ると思ってるんですか」

「もちろんだよ。ぼくはね、妄想を食べて生きることに決めたんだ」

「モウソウって……それを食べちゃうんですか……」

「そう、ぼくはそうしていないと生きていかれない。そういう人間はいるものなんだ。ぼくの頭にはいつも妄想があふれている」

ラーメンの麺《めん》をずずずとすすりあげながら、淡々と、かつ、堂々というものだから、やたら説得力があった。博士はコイケさんが、宇宙人ではないにしても「違う人種」なのだと思った。

続く三十分間、コイケさんはぼそぼそと語り続け、博士は熱心に耳を傾けた。

コイケさんは、美術系の大学院に行っている学生なのだという。

「いつか世界を、いや、宇宙を揺さぶるような作品を創《つく》りたい」と言う。「そのために、今は妄想を蓄《たくわ》えてる。このノートにはその妄想が詰まってる。返してくれたのはありがたい」

「本当にすみませんでした。あのイカルス星人の像を壊しちゃったのもぼくたちなんです」

「ああ、あれはいいんだ。もう直したから。この町の古墳のあたりって、良い土が盛られていてね。ぼくはよくあそこで粘土を集めて作品を創るんだ」

「なぜイカルス星人なんですか」と博士は聞いた。

「彼らは四次元空間を自由に使う技術を持っていたからだ。ぼくにも必要な技術だ」

コイケさんはしばらく黙々と、麺の伸びきったラーメンをすすりあげ、一気に食べてしまった。

「さ、きみたちも」と言われて、博士とタッキーも黙々と食べた。

食べ終わると、いとまを告げるような雰囲気になっていて、最後に博士は本題に踏み込んだ。

「五次元運動っていうんですか……あの変な踊りみたいなやつ」

無表情だったコイケさんが、口元で笑った。

「星が流れただろう」

「はあ？」

「きみたちと夜会った時、すごく大きな星が流れた。あれはUFOだ」

まったく誰かとおんなじようなことを言う。

「ぼくが考案したもので、イカルス星人の四次元空間を超える五次元空間を使ってUFOを呼ぶことができる。ぼくの口笛にはメッセージが込められていて、それを五次元空間を通じてUFOに届けるんだ」

「お願いがあるんです。こいつに——」博士はタッキーの頭をコツンと小突いた。「五次元運動を教えてもらえませんか。毎日来させますから」

怪訝《けげん》な顔をしてから、コイケさんは「いいよ」と言った。「ほかの人も一緒にやってくれれば、それだけ効果があるんだ。これまでのところぼくのメッセージは微弱で、いつもＵＦＯはぼくを見つけずに帰ってしまったからね」

ドアが閉まった後、タッキーは怯えきった顔で博士を見上げた。

「いやしゅ、おれ、いやでしゅよ」

「ダメ、タッキーは今回のことでは責任重いもん。コイケさんにだって迷惑かけたし、みんなをだましてるわけだし。コイケさんが宇宙人なんかじゃないこと、最初から知ってたんだよね」

「目立ちたかったでしゅよぉ。それだけけっしゅ」

博士はがらんとしたタッキーの家のことを考えた。

「じゃあ、思い切り目立たせてあげる。今よりももっと、ね。だから、ぼくの言うことを聞いて」

博士が笑いかけると、タッキーの大きな目が、不安げではあるけれど、強く輝いた。

6

作戦決行は、八月に入った最初の月曜日。つまり、登校日の夜だ。しばらくぶりに会った福ちゃんたちに、「きょうの夜、UFOのことで集まってほしいんだ。すごいものを見せるから」と耳打ちした。「できるだけたくさん人を集めて」とも。

いったん家に帰り、夕方までだらだら時間をつぶしてから、博士はふたたび家を出た。出る前に夕刊を見て、天気が快晴なのも確認。まあ、見るからに晴れ渡った空だったから、なんにも心配はしていなかったけど。

行き先は学校だ。

すでに福ちゃんとサンペイ君が校門の前で待っていて、ちょうど小林さんやほかの級友たちが四、五人まとめてやってくるところだった。

博士はタッキーと一緒だった。

「ハカセ君、遅いではないか。言い出したのはきみだろうに」

「今度こそ、タッキー、逃げたら承知しないべ」

サンペイ君と福ちゃんが口々に言った。

「タッキーは逃げないよ」と博士は請け合った。

なぜって、きょうこれからタッキーは思い切り目立つからだ。それを言うなら、博士も同じぐらい目立つはずだった。

校庭の裏側に回り、瓢箪池《ひょうたんいけ》近くのフェンスの破れから校内に入る。住み込みの用務員さんが夕方から夜にかけて食事のために出かけることも調査済みで、これから何時間かは校舎は博士たちのものだった。

西側の階段の屋上への鍵《かぎ》が開いているのは、六年生なら誰でも知っている公然の秘密。そこから屋上に出る。空はもう東の方からうっすらとした暗みに覆われて、校庭を挟んだ南側には都川に区切られた市街地が広がっていた。

結局、ここまでやってきたのはクラスの半分よりも少し欠けた十五人ほどだった。当日に声をかけたにしてはまずまずの数だった。

「いったいどうしたのだね、ハカセ君。校舎の屋上なんかに何があるというのだ」

サンペイ君が不満げに言った。

「文句言わないで、待ってて」

博士はわざと素っ気なく返した。

なんとなくざわめきが広がっている。サンペイ君の言葉には影響力がある。本当にびっくりしてしまう。半年前まではクラスの全員から無視されていたくせに。

女子のグループの真ん中に、小林さんの姿が見えた。きょうは動きやすい姿ということで、キュロットに白いTシャツだ。三つ編みは相変わらず。博士を見ると白く大きな前歯を見せて微笑《ほほえ》みかけた。

「今から、UFOを呼ぶから！」博士は大声を出した。

「まじかよー、本気だべか」福ちゃんが合いの手を入れた。半分バカにした抑揚。

「呼べましゅっ」今度はタッキーが大声を出して、みんながしーんと静まりかえった。

「これからみんなで呼ぶのでしゅ」

「どうやるっていうのかね」とサンペイ君。

「五次元運動だよ」

「なんなのだ、それは」

「コイケさんが、ビルの屋上でやっていた変な体操のこと。あれは体の動きで周囲の空間をねじ曲げて、空間波を作り、メッセージを送るための方法なんだ。ほら、口笛が聞こえたでしょう。あれは一種のメッセージで五次元運動のおかげで宇宙空間まで届いたんだ。一人じゃなくてみんなでやれば、それだけ増幅される」

「バカバカしい」

サンペイ君の言い方に、博士はカチンと来た。自分だって似たようなバカバカしいことをたくさん言っているくせに。

でも、表情には出さない。むしろ顔は笑っている。

「じゃあ、タッキーが前でやってみせるから。それと特別に来てもらったコイケさん――」

いつのまにか長身のコイケさんが、タッキーの隣に立っていた。何も言わずただその場にいるだけで、周囲の空間がねじれて不思議な雰囲気になる。

「みんな、コイケさんとタッキーの真似をして、五次元運動をすること。それでは開始！」

博士が言うと、タッキーは唇に指を当ててピイッと口笛を吹いた。

「はいっ、それでは、まずはメトロン星人のポーズでしゅっ」

コイケさんが背中向きで両手を斜め下に向けて立っている隣で、タッキーと博士がみんなの方を向いて同じポーズを取る。人類に幻覚を見せる力を持ったメトロン星人の立ち姿。でも、みんなもじもじして真似をしようとしない。

「みんなー」と明るい声が響いた。小林さんだった。

「せっかくだから、ちゃんとやろーよ。コイケさんだって来てくれたんだし」

しーんと一瞬間があって、福ちゃんが「そうだべ、そうだべ」と言った時、空気が変わった。

みんなが同じポーズを取って、空を見上げた。サンペイ君もしぶしぶってかんじだったけど、そうした。

両手を空に向けて、左右の腕を振る。

「右と左の振り方を、ずらすでしゅよっ」

タッキーの動きはなかなか堂に入っている。博士は少ししか練習していないので、ぎこちない。両腕を振っているとすぐに汗がにじみ出してきた。

さらに腰を振り、体をねじる。なんとなくコミカルな動きだ。それを屋上で、十五人が顔に汗を浮かべながら真剣にやっているのだから、博士は楽しくなった。

福ちゃんはもう、一心不乱だ。サンペイ君は口を尖《とが》らせながら。小林さんは涼しげで、これだけ変な動きなのに、どことなく上品だった。バレエを習っているって言っていたけど、そのせいかもしれない。

やがて、エビぞりになったり、変形「グリコ」をしたり、四次元宇宙人イカルス星人の真似で両足を踏みならしたりするうちに、みんなの息が弾みだし、ひときわの迫力で動き続けるコイケさんの体のまわりにぼんやりと光が見えるような気がし始め……タッキーが「はいっ、ここで大の字でしゅ。みんなねましゅー」と叫んだ瞬間、博士は視界の片隅にそいつを見つけた。

みんながごろりと横になるのを確かめ、自分も横になった後でピイッと口笛を吹く。もう空はすっかり暮れている。完全にというわけじゃないけれど、深い深い紺色だ。さらにもう一回ピッピッーと口笛。これがタッキーへの合図になっている。

「きましゅよー、そろそろきましゅ。空を見てくださいー」

しんと静まりかえって、息をする音さえ押し殺される。風の音が大きく聞こえ、川のせせらぎまで聞こえてくるような気がした。

濃紺色の空をいくつかの光がすーっと横切った。

うぉーっと歓声が上がった。

「ＵＦＯだっ、ＵＦＯだべ」福ちゃんが叫んだ。

それにつられて「すげーっ、すげーっ」とあちこちで歓声があがる。

博士は上半身を起こして、寝転がっているみんなを見渡した。

コイケさんは呆然とした様子だ。口を大きく開けているのが横顔で分かる。

タッキーと視線があい、博士は思わずＶサインを送った。イェイ、ぼくたちは充分に目立ったよな。

小林さんが横を向いて微笑みかけてくれた。博士は無条件にうれしくなった。すると、いくつもまた星が流れ、大きな歓声が湧《わ》き起こった。

ペルセウス座流星群の極大日。それがきょうだった。例年にくらべて特に数が多そうではないためあまり新聞などにも出ていなかったけれど、それでも流星群は流星群なのだった。じっと空を見ていれば、いくらだって星が流れる。

サンペイ君が両手をダンッとコンクリートに打ち付け上半身を起こした。そして、博士を見た。賞賛、というか、とにかく博士のことをびっくりしたみたいな驚いたような顔で見つめていた。

博士は笑いかけた。

「五次元運動なのだよ」サンペイ君の口調をまねて言った。「空間をゆがめて波動を発生するわけだから、空気のない宇宙にだって信号を送ることができるのだ。おまけに電波のようにすぐに弱くなったりしないから便利なのだ」

サンペイ君が何かを言おうと口を動かしかけた時、ひときわ大きな星が流れた。

この前、川を流されつつ見たのと同じくらい大きな火球で、サンペイ君ののっぺりした顔が、ほんの一瞬、深い陰影に隈取《くまど》られて見えた。

V

影法師の長さが、すこし違う

新しい家は山の斜面にあって、目の前には竹林が繁《しげ》っていたんだよ。あたりを見晴らすためには、少し坂道を上って、広場に行かなければならなかった。時間は午後一時半で、これは母さんが食事の後「遊んできなさい」とぼくを外に追いやる時間でもあったんだ。母さんはこういうのはなぜかいつも正確で、引っ越してもそれは変わらなかった。広場にある大きな時計の針はしっかり一時半を指していたよ。ぼくは、バットとグローブを持っていた。だれかキャッチボール出来る子が見つけられればしたかったし、もしも、ダメだったら素振りの練習でもするつもりだった。小学三年生になってからの最大の変化といえば、野球チームに入ったことだったからね。当然、新しい土地でもやるつもりだったんだ。

広場には誰もいなかったよ。ゴールデンウィークでみんな出かけているんだろうかと思ったけれど、本当は違ったんだ。この新しい住宅地には、ほとんど人が入っていなかった。次々と家が建てられている途中で、その年の終わりには広場でも子供の声が溢《あふ》れるようになるのだけれど、この時はまだ、だった。

ぼくはとりあえず、バットとグローブをほうりなげて、ジャングルジムに登った。すると、あたりの景色が遠くまでよく見えたんだ。

農村風景が広がっていたよ。でも、これまで住んでいたところとはかなり違った。水田が少なくて、川沿いの低い土地にしかない。一段高くなったところはぜんぶ畑だ。さらさらした目の細かい火山灰の土で、落花生をつくっているのだと聞いていた。だから、ぼくの目には、まったく新しい風景に映ったんだ。今から思うと、ため池がないというのが大きかったかもしれない。前のところなら、山から見た風景のあちこちに、小さな水面が光っていて、その合間に家々が所々密集しており、水と町がひとつに溶け合っているようだった。

新しいところに来たんだなあ、と思ったよ。

父さんが転勤すると聞いたのは、三年生になってからで、心の準備をする暇もなく、ぼくは何百キロも離れた町にやってきたんだ。

不安なら、もちろん感じていたよ。でも、期待だって大きかった。ここではどんな友達ができるだろう。家は「山の中」と言ってもいい場所だそうだから、虫採りはできるだろうか。東京に近いから山にだって高層ビルがあると思っていたのは誤解だったけれど、広場からは見えない台地には大きな商店街があって、そこにはゲームセンターがあるのも知っていた。うん、これなら、悪くないとぼくは思っていたんだよ。

ジャングルジムから飛び降りたのは、一時三十五分。

あいかわらず誰《だれ》も来ないので素振りでもしようと思った。

そして、地面に置いたバットのグリップの前に立った時、ぼくは無意識に動きを止めたんだ。

影が長かった。

きのうの同じ時間、ぼくはまだ遠い土地にいた。引っ越しの作業の邪魔だということで家から追い出され、近所の小学四年生にキャッチボールをしてもらった。その時、バットを地面に転がして何の気なしに見ていて、気づいた。

自分の影とバットが同じ長さだった。ちょうどこの時期、午後一時半すぎの太陽は、立っているぼくの姿をバットの長さに縮めて地面に映していたんだ。それがおもしろかった。

そして、きょう、ぼくは違う土地で、偶然同じことをして、きのうとは違うことを知ってしまった。

影法師の長さがすこし違う。

こっちの方が長い。つまり、太陽がちょっとだけ低いってことだ。

理科で太陽と地球のことを習うのはまだ先だったけれど、ぼくは地元の天文台に年に何度も遊びにいくような子だったから、すぐ理由がわかったよ。ぼくが今いる場所は、きのういた場所から真東に何百キロも離れている。たったそれだけで、同じ時間の太陽の高さが違う。この場所の方が日の出も、日の入りも少しずつ早いんだ。

ぼくは違う時間に生きている。

五分なのか十分なのか分からないけれど、とにかく、ここでは違う時間が流れているんだ。

ぼくはきのうまでの世界から離れてしまった。古い友達やいとこたちやおばあちゃんたちがいる場所とは、時間すら違う別の世界なんだ。

なぜなのかわからないんだけれど、そのことがすごく効いたんだ。遠く離れるのは平気でも、違う時間は怖かった。

足下からしびれがはい上がってきて、体が変なかんじになってしまった。地面がぐにゃぐにゃと柔らかくなり、立っていられずにしゃがみ込んだ。

這《は》ってでも家に帰りたいと思ったよ。でも、家は昔の家じゃない。それに、母さんが嫌な顔をするかもしれない。だから、ぼくはしばらくそこにじっとしていた。

時計は午後三時になっていた。

子供の声が聞こえてきて、この住宅街にも子供がいることが分かった。

やっとしびれは治まり、地面もまた堅くなったよ。

でも、そのかわり、体に穴が開いていた。

目に見えるものじゃないんだけれど、ぼくには分かったんだ。

胸と腹の間くらい、正確にいうと、鳩尾《みぞおち》から何センチか上だったから、かろうじて「胸」というべき場所かもしれなかった。そこを中心に、両手で大きく作った「丸」くらいの穴がぽっかりと口を開けていたんだ。顎《あご》を引いて見下ろしても見えないけれど、地面に映った自分自身の影にはちゃんと映っていたよ。ぼくにはそれが見えた。

風が吹き込み、風が吹き出していた。

ぼくはすぐにそれが囁《ささや》き声だと気づいた。風の強弱にしたがって音程を変える歌声でもあった。

「ここはおまえのいるべき場所じゃない、おまえの居場所じゃない」と不安を募らせるメロディで、ぼくに囁き、歌いかけてきたんだ。

1

黒板に佐倉井真子《さくらいまこ》先生が、細く弱々しい字で、「大窪博士くん」と書いたのが、博士には気恥ずかしく、それでも、自己紹介をした後の気まずさといったら、その比ではなかった。

ゴールデンウィーク明けの月曜日の朝だった。母さんには、「大きな声で元気よう言うんやでぇ。そしたら、みんな仲良うしてくれるやろ」と言われていたから、博士はことさら大きな声で、「はじめまして。大窪博士です。関西から来ました。よろしくおねがいします」と言った。

その後の沈黙。

博士は緊張してその場に立ちつくし、気弱そうな佐倉井先生もおろおろしている様子だった。

目の前の新しい級友たちが、一気に笑いを爆発させた時には、博士は声の圧力で黒板に押しつけられるみたいに感じて、そのまま消えてしまいたくなった。

最初は何が悪いのか分からなかった。ちゃんと大きな声で挨拶《あいさつ》したのに。

「もういっぺん、言ってみ」と後ろのあたりの席から声がして、「言ってみ、言ってみ」とあちこちで繰り返された。

「おおくぼ、ひろし、です」息も絶え絶えになりながら、博士は言った。

ふたたび、爆笑が巻き起こる。

「やめなさい！　みんな、だまって！」

佐倉井先生が叫んだ。絶叫に近かったけれど、か細かったし、震えていたし、隣で聞いている博士にとっても、まったく頼もしいものではなかった。それどころか、先生の声の震えにあわせて、自分の体も震え始めたくらいだった。

「どうして笑うんですか。笑っちゃだめでしょう！」

「だってえ、おもしろいでーす」

「わけわからん言葉、しゃべってるべぇ」

「大窪君のしゃべっているのは、ちゃんとした日本語です！」

先生の顔は真っ青で、唇なんて紫色だった。

博士は胸のあたりに鈍い痛みを感じて、自分の体を見下ろした。

もちろん、そこには何も見えなかった。でも、風が吹き抜ける感覚はちゃんとある。広場で感じた感覚が、急によみがえってきたのだ。

「日本語とちがうべ」

「ちがうべぇ」

クラス中が大騒ぎになった。博士は呆然《ぼうぜん》と立ちすくみ、先生はうつむいてもう何も言ってくれなかった。

突然、ガッと大きな音がして、教室の前側の扉が開いた。

「こらー、うるさいぞー」

頭に白いものがまじった隣のクラスの先生だ。ずしんと響く大声で、さすがに悪ガキたちもぴたりと私語をやめる。

「あ、すみません。あんまりうるさいから先生がいないものだと思ったが、佐倉井先生、失礼いたしました」

いやみったらしく言って、隣のクラスの先生は扉を閉じた。

「それでは、大窪君、高樹《たかぎ》さんの隣の席へ……」

佐倉井先生が消え入るような声で言い、博士はうなだれたまま席に着いた。

胸に開いた穴をさらに強く意識した。

体を吹き抜ける風が、おまえの居場所はここじゃない、と囁いた。

胸の穴も、この声も、一回きりのものではなく、これから先もう簡単には離れはしないのだと博士は予感した。

2

母さんに「大きな声で自己紹介したか」と問われて、「したよー」と答える。

「みんな仲良くしてくれたやろ」

「してくれたよ」と博士は嘘《うそ》をついた。

たったそれだけで、会話は終わって、母さんは近々働こうと思っているパートの仕事の面接を受けに出かけてしまった。残されたのはテーブルの上のおやつと、妹の美絵子だ。

母さんが帰ってくるまで、博士は一人で美絵子の面倒を見ることになる。美絵子は、まだ保育園に通っていなくて、しばらく放課後は博士が一緒にいてあげる約束になっていた。

おやつは白いチョコ菓子で、食べ終わると美絵子は外に出たがった。博士が学校に行っている間、ずっと家の片づけに付き合わされて、退屈していたらしい。

行き先は、例の広場にした。今のところ、博士は付近の地理があまりわかっていなかった。本当だったら、自転車であちこち探検したい気持ちもあったけれど、まだ五歳になったばかりの美絵子はそれほど自転車がうまくないから、大人と一緒の時じゃないと乗ってはいけないと言われていた。

美絵子は、嫌になるほど子供っぽい。三年生の博士には、それほど面白みのない遊具に歓声をあげる。すぐさまブランコに駆け寄って、ぴょこりと座った。

「おにいちゃん、おしてー」と甘えた声を出す。

博士は言われるままに背中を押した。美絵子は自分でもできるのに背中を押してもらうのが好きだ。そのくせ、すぐに悲鳴をあげる。

「きゃー、おにいちゃん、こわいわぁ、やめてえなぁ」

ドキッとして、冷や汗が出てきた。

誰の耳にも分かる関西弁だ。

今朝の自己紹介では、博士としては「標準語」で話したつもりだったのに、微妙な抑揚までは隠せなかった。「はじめまして」と自分が口に出すと、「変な言葉」になってしまい、あいさつとして通じるよりも前に、笑われてしまった。

その後、口を開けば必ず笑われた。だから、博士は黙り込むことに決めた。もともと、おしゃべりではないし、やろうと思えば簡単だった。隣の席の高樹さんに教科書を見せてもらったりする時さえ、一言も喋《しゃべ》らなかった。

その代わりに、新しい級友たちが話す言葉に耳をそばだてた。

この学校の三年生は一クラスだけで、三十人くらいしかいない。農村のど真ん中にあり、最近は生徒の数が減っていると母さんが言っていた。でも、近々、住宅街がいくつか出来るので、転校生が増えるとも。

この時点では、級友のほとんどが地元出身で、だから、みんな土地の言葉を喋っていた。「だべ」とか、「だべさ」とか、最後につけるのだ。そんな言葉、漫画の中でしか知らなかった。おまけに、昼休みの終わりの時間に教室を掃除する時、「その机、おっぺして」と言われて、意味が分からず困った。あとで、「押して動かす」ことなのだと分かったのだけれど、すごい方言だと思った。

そんな連中に、「わけわからん言葉」なんて言われる筋合いはない。でも、相手は大勢だ。三十人がまとめて、「変だ」といえば、博士がなんと反論しても、「変」なのだ。

だから、博士は、だまっているしかなかった。

まだ家で母さんと二人ですごしている美絵子には、博士の気持ちなんて分からない。

いや、保育園に行くようになっても、まわりは小さい子ばかりだから、言葉が変だなんて思わないかも。でも、博士はそうはいかない。

だから、美絵子がブランコに揺られて大声を出すだけで、博士は落ち着かなくなった。

しょっちゅうまわりを見渡して、意地悪そうな子が近づいてこないか目をくばった。

「こんにちはー」と声がして振り向くと、母さんよりもちょっと年上くらいのおばさんが立っていた。

「あなたたち、最近越してきたの？　関西から？」

博士はブランコの鎖に手を掛けて、急いで動きを止めた。美絵子が「やだー。おしてーな」と声を上げた。それでも、無言で腕を引き、ブランコを離れた。

「いくで」と耳打ちする。

「なつかしいわあ。わたしも、昔、大阪にいたことがあって……」

博士はおばさんの言葉を聞いていなかった。ただ、家へと走った。

「おにいちゃん、やめて、うで、いたいやんかあ」大声を出す美絵子を「美絵子、変な言葉、しゃべったらあかんべぇ」と自分自身もっと変な言葉でしかりつけながら、広場から逃げた。逃げなければ、何かが追いかけてきそうで、美絵子の手をちぎりそうな勢いで走り続けた。

3

翌日の火曜日から土曜日までの五日間、毎日、学校に行かなきゃならないなんて、博士はめまいがするくらい嫌だった。

朝七時三十分に、近くに住んでいる数少ない小学生たちが迎えに来てくれる。五年生と六年生の兄弟で、まだたよりない博士のために一緒に登校をしてくれることになっていた。母さんが頼み込んで、そうしてもらうようにしたのだ。

学校までは片道二十分以上かかって、かなり遠かった。高学年の二人は博士には分からない話をするばかりでかまってくれなかったから、朝から博士はつまらなかった。家の前の坂を下りて、そこからまた台地の上の道に上がり、川が刻む谷にいったん下りて橋を渡り、もう一度台地に戻ると、学校が見えた。その瞬間、博士は胸にぽっかり開いた穴を意識した。

クラスでの様子も相変わらず。博士は必要最小限のことしか話さなかった。それも関西弁が出ないように、細心の注意を払った。級友たちの話し方を一生懸命聞いて、なんとかまねてみるのだけれど、すると、さらに変な言葉になることもあるから、結局は、黙っているのが一番だと思った。

担任の佐倉井先生があてにならないことは、最初の日に分かった。二日目以降、あてにならないどころか、こちらが気をもまなきゃならないくらいだと知った。本当にこのクラスはひどいのだ。授業中の私語は当たり前で、みんな好き勝手にやっている。何人かの悪ガキが、立ち上がって別の子の机に座って話を始めたり、教室の一番後ろのところでメンコをしたり、相撲を取り始めたりする。博士が以前いた学校ではこんなことはなかった。

先生はよく泣いた。授業中、声を張り上げ、涙を浮かべ、時々、教卓につっぷして動かなくなった。その間もクラスの私語は止《や》むことはなかった。とはいっても、最前列の何人かの女子は熱心に授業を聞いているみたいで、それがなかったら、とっくに先生は先生を辞めていたんじゃないかと思った。

博士は、先生に比べるとまだましだった。ただ黙っていればいいわけだから。でも、話しかけもせず、話しかけられもしないというのは、実はかなり辛《つら》い。まるで空気みたいなものだ。胸の穴が大きくなって、結局、おまえは穴ですらなくて、空気だったんだと囁きが聞こえた。

唯一の救いはといえば、なんと給食だった。我ながら食い意地が張っていた。本当にここの給食はうまかった。はんぺんとか、納豆《なっとう》とか、これまで博士が知らなかった食べ物が次々と出てきて、それがことごとく口にあった。だから、黙々と食べた。食べている間は、食欲がすべてで、博士は胸の穴のことは忘れていた。

水曜日になって、クラスでも一番のひょうきん者がはじめて博士に話しかけてきた。「おれは、仮面ライダーあるよ、ショッカーはゆるさないあるね」などと、自分自身が変な言葉をしゃべって、博士に技をかけてくる。博士もまねして、「おれ、ショッカー、ないあるよ」などと言っていればよかったので、気が楽で、この会話は本当に楽しかった。

木曜日にはその子が、「関西弁、おしえてほしいあるよ」と言いだし、博士としては月曜日の朝以来、はじめて自分の言葉を気にせずに話すことができた。教室の中ではなく、ベランダに出て、ひそひそ語り合う。さすがにまだおおっぴらに声を出すことはできなかった。それでもようやく、クラスにもなじめそうな気がしてきて、最初の頃《ころ》の不安な感じからは抜け出せた。

その子に、影法師のことを言ってみた。

「あのな、前に住んどったとこと、影の長さがちがうねん。太陽の高さがちゃうやろ。地球がまるいからや」

その子は、くるりと大きな目を開いて、何を言われているのか分からないようだった。

「前のうちはなあ、日本の子午線の近くやったんやあ。そやから、こっち来ても、太陽が気になんねん」

ますます何がなんだか分からないというように口をぽかんと開ける。それで博士はようやく悟って、この話はもうやめにした。

その日の夜、パートの仕事が決まったということで、母さんは引っ越し祝いを兼ねたケーキを買ってきた。

「いろんなことが変わったけど、これからなんとかなるやろ。父さんの新しい職場、母さんの新しい仕事、博士の新しい学校、美絵子の新しい保育園、ぜーんぶ、めでたいやんか。な、お祝いしたろな」

母さんはいつになく上機嫌で、博士も楽しくなった。母さんに「学校、どうや」と言われて、「給食がおいしいし、面白い子がおるよ」と笑顔で話せるのも嬉《うれ》しかった。

「な、大きい声で挨拶したら、みんな、仲良うしてくれるんや」

母さんは相変わらずそう信じていて、博士は違うと言いたかったものの、結果としてはよかったのだと思った。

もっとも、そんな気持ちでいられたのは一晩だけだった。

翌朝、教室に入ると、さっそく佐倉井先生が教卓につっぷして泣いていた。しばらくすると、教室から飛び出していってしまった。チャイムが鳴っても帰ってこない。当然、教室は騒然として、遊び場みたいになってしまった。

前の方の女子たちが先生を呼びに行こうと相談していた。でも先生が戻ってきたってなにかが変わるとは思えなかった。

教室の後ろのロッカーのところでメンコをしていた体の大きなガキ大将が近づいてきて、博士の頭をコツン、と叩《たた》いた。

「また、しゃべれー、変な言葉、みんな聞きたいべぇ」

博士は目をそむけた。

「シーゴセン」と声がする。

まるで仮面ライダーの変身の時みたいに、両腕を大きく動かして、「シーゴセン！」

子午線！

博士は教室を急いで見渡した。

きのう、そのことを話した例の子が、ぺろりと舌を出して視線をそらした。

「シーゴセン」は、にわかにブームになった。二時間目には、佐倉井先生が戻ってきたけれど、教室はざわついたままで、「シーゴセン」の声がたえずどこかで響いていた。

博士はまた黙り込み、聞こえないふりをした。

「センセー、男子がうるさいので授業がきこえませーん」と女子が言い、先生はまた泣いた。博士は泣かないことに決めた。黙っていればやりすごせるし、泣けばもっとひどくなると、先生を見ていて思ったからだ。

4

「ごめんね、大窪君」と佐倉井真子先生は言う。

放課後、博士は先生に職員室に呼び出された。そして、いきなりそう言われたのだ。ほかの先生たちはおらず、佐倉井先生はどことなく潤んだ目で、博士を見ていた。

「つらいかもしれないけど、みんなすぐに飽きるから、少しの辛抱よ。今はなんとか我慢して。本当にごめんね。先生が役に立ってあげられなくて」

博士は答えなかった。先生は博士が関西弁でしゃべっても笑ったりしないだろうけど、話したいと思えなかった。だから、口を閉じたままじっとしていた。

「先生も、がんばってるのよ。でも、失格ね」

目尻《めじり》を指でぬぐう。

博士ははっとした。自分が泣かせたのだと思った。先生もここが居場所ではないと思っているのだ。大人になっても居場所がないなんて、そんなことあるんだろうか。

急に怖くなってきた。博士は職員室から出ると、急いで学校をあとにした。

翌日の土曜日は午前中だけの授業だから多少は気が楽だった。それも音楽と体育が一時間ずつあって、あっというまに時間が過ぎた。級友とは口をきかなかったし、先生とも目を合わせなかった。

日曜日は一週間ぶりに家にいられた。休みの父さんと、近くの空き地でここに来て初めてのキャッチボールをした。「野球チーム、見つかりそうか」と父さんは言ったけど、ごにょごにょと言葉を濁した。博士はまだそんな気分じゃなかった。父さんや母さんと一緒なら太陽の位置がどうしたとか、そんなこと考えずにいられて、それだけでよかった。

夕方、「サザエさん」の終わりの歌が流れる頃になると、ふたたび憂鬱《ゆううつ》な気分になった。夕食の時にはうつむきがちだったかもしれない。「おにいちゃん、どうしたのん」と小さな美絵子はかなり敏感だ。でも、父さんも母さんも、まったく鈍いので、博士が思い悩んでるなんて気づきもしない。

胸の穴が疼《うず》き始め、この日は感じていなかった例のスカスカな感じも戻ってきた。自分の家の中なのに、自分の居場所じゃないと思えて、もうどうにもならなかった。

明日からまた、新しい一週間が始まるなんて最悪だった。これからずっと、毎週毎週、博士はあの教室に通うのだ。

横になってもなかなか眠れず、それでも十二時前には眠たくなってきて、眠りに落ちたらもう朝になっているから学校に行かなきゃならないんだと考えたのが、その日の最後の記憶になった。

5

五年生と六年生の兄弟は博士のことを気に掛けずに歩く。その背中はどんどん遠くなる。

胸の穴はあいかわらずぽっかりと開いていて、一歩ごとに疼いた。台地の上の道を歩いているうちにどんどんひどくなった。いったん坂道を下って道路の下を流れる川を横切り、ふたたび上りに転じた時には、もう耐え難いほどだった。

博士は足を止めた。

前を行く二人はもう坂の上で、すぐに背中が見えなくなった。

もう一度足を前に出そうとしたら、動かなかった。

本当に動かなかったのだ。右足も、左足も、絶対に前には出て行こうとしなかった。

胸の穴を通り抜ける風は、実は自分の内側から吹き出していた。博士は空気が抜けかけた風船なのだ。

兄弟の弟の方が戻ってきて、どうしたんだと聞いた。お腹《なか》が痛いから先に行ってと、博士は出まかせで答えた。そして、その姿がふたたび坂の上に消えると、回れ右をして道を戻り始めた。今度は足が簡単に動いた。何かに追われている気分でもあって、博士は急いだ。正面から、小学校に行く子供が一人、下ってくるのが見えた。反射的に街路樹の陰に入り逃げ場を探した。

坂の一番下の橋の脇《わき》には小さな階段があって、川沿いの農道に出られる。博士は階段を下りて、橋の下にうずくまった。太陽はもうずいぶん高く、その位置はやはり博士が昔いた場所とは違った。本当はちゃんと観測しないと分かるはずもないのに、そう信じた。ここは「五分違い」の世界なのだ。

しばらくすると、学校のチャイムが聞こえた。一時間目の始まりだ。

それが合図みたいになって博士は立ち上がった。なぜかほっとしていた。胸の疼きは同じだったけれど、追われるような気持ちはなくなった。

もう学校にいくのはやめた。今さら行っても、変に目立つだけだし、今、博士はとにかく目立ちたくなかった。

ちょっと考えてから、ランドセルを地面に置いた。家に帰るわけにもいかず、とすると、ランドセルを背負ったまま外にいるのは不自然だと思ったからだ。

ふらふらと歩き出す。

川に吸い寄せられた。

通学路には戻らず、気が付いたらごく自然に川沿いの農道を歩いていた。川を遡《さかのぼ》る方向だった。

ずっと前に冒険したことがある。

川が始まる里山まで歩いていったのだ。

だからなのか分からないけれど、博士は自然に川を遡る方向を選んでいた。

すぐに小さな山が見えてきた。

博士の新しい家があるのはその山の反対側だ。山肌が削られて、段々に家が建っている。でも、この角度からだと、普通の雑木林が繁った山にしか見えなかった。いつか冒険で分け入った里山にも似ていた。

ちょっとだけ気持ちがざわめいた。

あの時は一人きりじゃなかったことを思い出した。一人じゃ絶対にできなかった。

すると里山が急に鬱蒼《うっそう》として気味が悪い緑の塊に思えてきた。急に吐き気がこみ上げてきて、博士は意識的にそっちを見ないようにした。

「あんた、なにしとるねー」と声を掛けられたのは、川がだんだん雑木林に近づいてきたあたりだ。まわりは水田なのに、浮島のようにそこだけ宅地になっていた。家の前には暗い色の水をたたえた堀があり、かすれた文字で「釣り堀」と書いてあった。

「小学生じゃろが。学校に行かないといかんべ。山の裏の子じゃろが」

声の主は、背の曲がった老婆だった。堀のほとりに立っていた。手には紐《ひも》が握られていて、その先には大型犬が座っていた。

「学校、行かないことにしたんです」と博士は言った。

この一週間のことを考えたら、自分でもびっくりするくらい、はっきりと言えた。

老婆は値踏みするようにこちらを見ていた。犬も、だ。ドキドキしてしまう。

「えっと、ですね。太陽が違うんです。するとと、時間も違うんです。だから、行きたくないんです」

われながら、意味の通らない説明だった。老婆は何度か目をしばたたいてから、まぶたを閉じた。何秒かの後にまた大きく見開いて、その時博士は、両目とも真っ赤に血走っているのに気づいた。

ひび割れた唇がゆっくり動き、「学校に行かにゃならんぞぉ」と言った。まるで山全体を響かせるような野太いどすのきいた声だった。そして、金歯を見せてにんまりと笑った。

「それとも、一緒に来るかねぇ。これから山に入る。あんたが好きなもん見せてやれる。学校なんかよりずっといいさね」さっきとは正反対の猫撫《ねこな》で声だ。

「いいです、いいんです——」

言い終わるよりも早く、博士は駆けだした。知らない人についていってはいけないって、母さんには言われていたし、「山に入る」と言われた瞬間、あの鬱蒼とした緑のイメージが重なって、老婆がヤマンバのように見えたからだ。一緒に山に入ったらもう戻れなくなるに決まってる！

川に沿って限界まで走り、立ち止まると肩で息をした。心臓が速く脈打って、いつもどおりに戻るにはずいぶん時間がかかった。

やがて、落ち着いてはきたけれど、どこにも行くあてがないことに気付いた。学校の方にも、山の方にも、行くわけにはいかず、堤に座って時間をやりすごすしかなかった。誰も近くに来なかったし、授業が終わる時間までここにいようと思った。母さんは仕事で、連絡先はまだ佐倉井先生も知らない。博士のランドセルの中の連絡帳に、きょうから母さんが働くことが書かれている。

罪悪感はなかった。この時間はどうせぼくの時間じゃないのだし、適当にどんな使い方をしたっていいんだと、投げやりな気分だった。

暇にあかせて近くに生えていた笹《ささ》をちぎり、笹舟を作った。次から次へと川に流した。流れが豊かだから、スムースに下っていく。それでも時々、流木などにひっかかるので、石を投げたりして動かしてやった。

いつの間にか博士は面白くなって、自分が流した笹舟を追い始めた。

笹舟は快調に下っていく。すぐに通学路と交差する橋の下も通り抜けて、どんどん進んだ。

いったいどこまで行くのだろう、どこまでついて行けるのだろう。

胸の穴を風がひゅうひゅう音を立てて通り抜けた。不愉快ではなくて、逆に解放感があった。不安はいつも心の底にわだかまっていたけれど、それが今この瞬間には穴から漏れだして来ることはなかった。

学校のチャイムの音が風に乗って流れてきた。今頃教室では、悪ガキたちが騒ぎ、佐倉井先生が泣いているのだろうか。自分がここにいることがとても幸せに思えて、自然と足どりがスキップになった。川沿いの道が途絶えた時には、いったん迂回《うかい》してまた道が川に沿うところまで大急ぎで走った。そして、笹舟を見つけると、ほっと胸をなで下ろした。

やがて、川は町中に入った。博士はそこを通り抜けられないことに気づいた。だって、小学生が昼間から一人でふらふらしているのだ。大人が見つけたらほうっておくはずがない。

仕方がないので、賑《にぎ》やかなところを避けて、大回りをする。

なんとか町の向こう側に出て川を見つけたけれど、もう笹舟は遠くに行ってしまったに違いなかった。

博士はため息をついた。

さっきまで胸を満たしていた高揚した気分も消えていく。

ふと太陽を見上げ、とたんに何もかもがぶり返してきた。博士は押しつぶされそうになり、その場にしゃがみ込んだ。

ぼくの居場所は、ここじゃない。

ぼくは場違いなところにいるんだ。

ドォ、ドォ、ドォと、大きな音が響いた。

びっくりして振り向くと、川沿いの道に大きな白っぽいオートバイにまたがった若い男の人がいて、こっちを見ているのだった。

「おーい、少年、黄昏《たそが》れるにはまだ早い。悩みがあるなら、ぼくに言ってみたまえよ」

ヘルメットを取ると長髪が太陽を反射してきらりと光った。白っぽいバイクが白馬に見えて、博士は王子様みたいだと思った。すぐにバイクを降りて大股《おおまた》で歩いてくる。

近くでみると、顔は普通の日本人だった。髭《ひげ》が濃かったし、少し出っ歯でぱっとしなかった。でも、最初の印象を大事にして博士は心の中では、王子様と呼ぶことにした。

「それでどうした、少年」と王子様は聞いた。ペンキか何かで汚れたジーパンの膝《ひざ》を折って、博士と同じ目の高さになった。

「ぼくにもきみくらいの甥《おい》がいる。昼間からしけた顔をしているきみをほうってはおけないのだよ」

ごく短い時間、博士は王子様の目をみた。それで、迷うことなく、決めた。どことなく、自由なかんじがしたから。たったそれだけのことだ。

「学校に行きたくないんです」

「それはいいことだ。特にあの学校は、よろしくない。ぼくの出身校でもあるわけだが、歴代の教師にロクなのがいない。従って、きみの態度は正しいと言えるのだよ」

博士はびっくりしてしまって、王子様の顔を見た。学校に行かないのが良いことだなんて話す大人ははじめてだ。母さんが聞いたら卒倒しそうだ。

「それでは聞くが、少年、どうしてその正しい認識に到達したのか、ぼくに話してくれたまえよ」

「影が長かったからです」

王子様は、まじめくさってうなずいた。馬鹿《ばか》にしているのかと最初思ったけれど、ぜんぜんそんなことはなくて、本当に真剣に聞いてくれているのだ。そういえば言葉だって、完全に関西弁の抑揚だけど、王子様はそれを気にする風もなかった。

「ぼくが前に住んでたところと、違う時間なんです。そしたら、学校も違う感じで、何にもしゃべられへんようになって、ここにおったらあかんような気がしてきて……」

博士は問わず語りに、ここ一週間の出来事を、すべて話していた。王子様は相づちを打つだけで、静かに聴いていた。その相づちが博士には「本物」と感じられたから、どんどん舌はなめらかになった。ここのところ家族以外とほとんど話していなかったのが嘘みたいだった。

「きみは正しい選択をしたのだよ」

博士がひととおり話した後で、王子様は力強く言った。

「学校から飛び出したのが、最大の成功だな。そのあと、きみを捉《とら》えに来たオニババからも逃げてきた。実にセンスが良い選択だ。実際、ロクなババアではないんだ。そして、きみは正しくぼくに出会ったわけだ」

「あの人のこと、知ってるんですか」と博士は聞いた。

王子様は答えずに、立ち上がった。びっくりして見上げると、手を差し延べた。

「まだ間に合うだろう。笹舟が河口に着くまでに追いつけばいいじゃないか」

「へぇ」と博士は間抜けな声を出した。

「ついてきたまえよ。すぐにバイクで追いかけるのだ」

博士は王子様の背中を追った。

6

博士は王子様の背中に顔をつけて、風を感じている。オートバイは自転車なんかよりもずっと速く、自動車なんかよりもずっと自由だった。

そうか、だから王子様は自由に見えたのかな、と思う。でも、ちょっと違う感じもした。

昼間から、暇そうにしてるのって何なんだろうと思い当たって、はじめて、母さんが言っていたことが頭に浮かんできた。今、博士は「知らない大人」についていっているわけで、これってすごく危ないことなんじゃないだろうか。

とはいえ、全然そんな気がしない。だから、博士は背中から伝わってくる鼓動とエンジンの振動に体を任せることに決めた。

時々、橋があるとその上で停《と》まって、水面を探した。笹舟は見つからない。当たり前だ。

笹舟は博士が歩いて追えたくらいだから、それほど速く進んでいるわけではない。だから、十分もバイクで走れば追い越してしまったのかもしれない。橋の上でずっと待っていればよいのだけれど、もうそんな気持ちもなくなっていた。

ただ、王子様の背中ごしに響いてくる音が、自分の体を満たして、ほんの一時的でも胸の穴から漏れだしてくるあの囁きを隠してくれるのがうれしかった。

やがて、風の温度と匂《にお》いが変わった。正直言って、ひどく臭《くさ》かった。なのに懐かしかった。いろんな匂いが絡まり合って、なにがなんだかわからず、ただ複雑な感情の塊が胸からこぼれ落ちそうになった。

一帯にさびたコンテナや巨大なクレーンが見えるようになり、バイクは鋭いブレーキ音をあげて、停まった。その時にやっと博士は理解した。この複雑な匂いの中心には、潮の香りがある。前の家で南風が吹くと、何キロか離れた海から流れてきたのと同じ匂いだった。

バイクを飛び降りた。

目の前に河口が広がっていた。

川の水も海の水もドロドロで、それらが混じり合う前線には黄色っぽい汚れた泡が出来ていた。匂いもひどく、とても居心地の悪い場所だったけれど、とにかくそこは河口だった。バイクで二十分も走れば、河口だったのだ。

「きみの笹舟は行ってしまったのだ」と王子様は言った。

途中で追い越してまだ流れてくる途中だと言おうとしてやめた。

「海はどこまでも続いている。そして、きみの笹舟は、きみの故郷に戻った。いや、違う、遠い世界に旅立った。ぼくももうすぐ海を渡る。でっかい夢があるのだよ。きみは学校など行かなくてもよいということを知っている、大変、優秀な小学生だ。そこで、ぼくの夢を語って聞かせたい。どうだい、これからうちに遊びに来ないか」

はい、と答えようと思った。

でも、その瞬間、ぐーっと腹が鳴った。

とたんに、頭の中に給食のことが思い浮かんだ。列に並び、コッペパンや牛乳やはんぺんや濃い味のうどんが出てくる、こっちの学校の給食だ。

「学校に行きます」と博士は言った。

「なんでなのかね」王子様は不満げに唇を突き出した。「それは堕落ではないか。せっかくきみは正しい道を選んだのだよ」

「給食を食べたいです。お腹が空いたので」

博士は自分でもびっくりするくらいきっぱり言った。午前中、学校をさぼっていろいろ考えたり感じたりして、心の中はお腹いっぱいだ。これ以上入らない。でも、胃袋の方は空っぽで、給食のことしか考えられなかった。自分が学校に行きたいと感じていること自体、博士にとってすごい発見だった。

「うちに来れば、食い物は出すことができるのだがね」

「給食が食べたいです」

正直に言えば、王子様の誘いにも惹《ひ》かれたけれど、こう答えるのが正しいと思った。

王子様はアメリカ人がやるみたいに両手の掌《てのひら》を上に向けて、肩をすくめた。

そして、博士は来たときと同じように、王子様の背中に顔をつけ、風を切って走った。

太陽は高い。影法師は今とても短くなっている。

いったん通学路に出て、隠しておいたランドセルを拾った。バイクに乗ったままで、校門を突破する。

校舎に埋め込まれた大時計は十二時過ぎをさしていた。ちょうど給食の時間だった。

体育の授業のために描かれていたサッカーのセンターサークルで停まり、博士はぴょんと飛び降りた。登校の時のスタイルそのままで、校庭のどまんなかに立つ。

いくつかの教室で窓が開かれるのを、博士は見た。

振り向いてバイバイをすると、王子様は中指を立ててニヤリと笑った。よく知らないけれど、ひどく下品な仕草だということは分かっていて、博士も笑い返した。

「少年、この場所がきみの居場所ではないのは当たり前だ。ここにずっといるのは生徒ではなく教師の方なのだからね。ぼくの居場所もここではなかったし、それどころか日本にはない。いつか、語り合おうではないか」

言い残して、バイクは爆音をたて校庭を去っていった。

職員室から飛び出してきた教頭先生の脇をすり抜けて、博士は校舎に入った。階段を一気に上る。心臓が激しく脈打っているのを、博士はわざと感じないようにした。

例の穴はしっかりとくっきりと胸に開いている。なんだか嫌なフレーズを、博士に語りかけようとしている。

ここはぼくのいる場所じゃない。

でも、それは当たり前だ。みんな小学校には六年間いるだけで、やがて離れていく。王子様の言葉から急にそんなことに思いいたって、すこし気が楽になった。

教室に入ると、黙って自分の席まで歩いた。

途中、たぶん午前の授業中に誰かが遊んだメンコが数枚落ちているのを拾い上げた。そして、一番近くの子の机の上に、でんと置いた。いつも、授業中に歩き回っている男子だ。驚いた顔は無視しておく。

先生が、「大窪君！」と言って近づいてきたのには、無言で微笑《ほほえ》んだ。

「どうしたの、どこに行っていたの。心配したのよ」と言われても、何も答えない。たぶん、答えなきゃいけないことなんて何もない。

給食のプレートを持ち、自分で給仕する。そして、自分の班に行って、もうほとんど食べ終わっている級友たちの前で黙々と食べ始めた。

視線が突き刺さる。

おまえのいるべき場所はここではないんだ。胸の穴がはっきりと囁いた。

そりゃそうだ、心の中で返事をした。

「そりゃ、そうやろ」

思わず、声が出て、自分でもびっくりした。誰も気づいていない。

すごく大事な言葉であるような気がして、たしかめるみたいにもう一度言ってみた。

「そりゃあ、そうやろ」

今度はみんながこっちを見た。

ちょっと沈黙が続いた後で、くすくす、とかわいらしい笑い声があがった。

隣の班の女子だった。

それにつられてクラス全体が、爆笑に包まれた。

「シーゴセン」と馬鹿にした感じの男子の声。

自分でも笑いながら、やっぱり笑われるのはすごく嫌だった。


ちょっと信じられないことかもしれないけれど、当時の世の中はひどくのんびりしていて、ぼくが半日の間行方不明になったこの「事件」も、それほど問題になることもなかったんだよ。今なら、大騒ぎになることなのにね。

とにかく、ぼくは引っ越してきてほんとうに最初の段階で、いろいろな出会いをしていたみたいなんだ。そのことは、ずっと後になって分かってくることなんだけどね。

ぼくが王子様の誘いに乗らず、彼の家を訪ねなかったことで、その出会いが本当のものになるのに時間がかかったのだと思う。

王子様が、商社とかいろんな会社と契約して、世界を股に掛けるフリーのバイヤーで、その後、長い放浪の旅に出てしまったこともぼくは知らなかった。そして、王子様の甥っ子というのが、ぼくの級友だということも。ぼくがその子と仲良くなって、一緒に「おじさん」の帰りを待ちわびるのは二年以上も後のことだ。

いずれにしても、五分か十分くらいずれていたぼくの中の時計は、そのうちに、現実の時間に近づいていったよ。影法師の長さは、もうどこでも一緒だ。自分の子午線は、自分がいる場所にあるものなんだと今は知っているんだ。

でも、自分の影の胸のあたりに、大きく開いた穴を探すことはずっと後になってもあったよ。どのみちそんなに簡単には埋まるものではなかったんだ。ぼくの関西弁に級友たちが慣れ、ぼくの方も土地風のイントネーションで話すようになった後も、ずいぶん長い間、自分の居場所がない感覚を抱えていたし、ひょっとすると今も変わらないのかもしれない。

もっとも、こんなこと、今のきみに言っても仕方ない。

これは、「いつか」の話なんだ。

いつかきみが出会うものと、ぼくがこれまでに出会ったもの。それらは、つながっているような気がする。すべての川を束ねる海まで下らなくても、ぼくたちは同じ水脈の中にいるんだからね。

だから、ぼくはお節介にもきみに囁きかけるんだよ。
ぼくたちは一人ぼっちだ。それも悪くない。
笹舟、結局、どこまで行ったのかな。

Ⅵ

山田さん、タイガー通りを行く

1

赤いジャージ姿の柿崎先生が、「新しいトモダチだぁ」と山田《やまだ》さんのことを紹介した時に、博士が最初に思い浮かべたのは、妹の美絵子が持っている二つのクマのぬいぐるみだった。それはクマのプーさんと、パディントン・ベアなのだけど、プーのちょっと間の抜けた感じと、パディントンの目のつぶらなかんじが混ざった雰囲気なのだった。太っているというほどではないにしてもふっくらした輪郭がプーさんであり、切れ長だけどすこし潤んだような愛嬌《あいきょう》のある目がパディントン。

「じゃあ、大窪の隣に座ってくれ」と言って、柿崎先生は博士の隣の席を指さした。二学期が始まってすぐ引っ越した級友がいた席で、考えてみれば山田さんがここに座るのは当たり前だ。なのに博士は予期しておらず、ぬいぐるみのような山田さんが外股《そとまた》の男っぽい歩き方で近づいてくるのを半分のけぞるような気分で見ていた。

博士は山田さんがまだ持っていない教科書を見せてあげ、顔が近づくとなんとも言えない良い匂《にお》いがするのにどぎまぎし、でも、近くで見るとふっくらしたほっぺが仏像のようでもあると気づき、にもかかわらず目はすごく印象的で、美人じゃないけど、ハンサム、というのが相応《ふさわ》しい不思議な容貌《ようぼう》だと思い、でも、口に出すわけにもいかず……そうこうするうちに、気がついたら一日が終わっていた。山田さんは寡黙《かもく》で必要最小限のことしか話さなかったから、朝に感じた印象は修正されることもなく、そのままだった。それどころか、最初の一週間、博士の中の山田さんのイメージはますます確固として微動だにしなかった。

山田さんが最初に仲良くなったのは、小林さんだった。小林さんはクラスの女子でもリーダー格で、なにかと世話好きだから、転校生が来たらまずは面倒を見るというのは彼女らしかったけれど、今回に関しては別にそういうわけではなく、山田さんと小林さんは、ただ磁石が自然に引き合うようにくっついた。

二人とも背が百六十センチ近くあって、女子としては大柄だ。山田さんは「ぬいぐるみ」体型で、小林さんは骨格がしっかりとしているものの手足はすらりと長い。山田さんは艶《つや》がなく浅黒い肌なのに対して、小林さんは色白だった。対照的なところはくっきりと正反対で、一方、似ているところはそっくり。結果的に、二人は個性の際だった姉妹のように見えた。

小林さんは山田さんを「ユキノン」と呼ぶようになり、山田さんは小林さんを「マキちゃん」と呼ぶようになった。それぞれ真紀《まき》、由紀《ゆき》という名前で、こういうところまで姉妹みたいだった。

二週目になって、山田さんはようやく博士と話すようになってきた。ひとたび口を開くと饒舌《じょうぜつ》で、よくしゃべる。

「あだー、かったるいね。あたしはね、学校ってのは適当にやっつけといて、放課後に生きるタイプなんよ」とか、「うだー、やんなっちゃうね。柿崎せんせったらさ、あのジャージ、お尻《しり》なんかすり切れて、いくらなんでも人前に出てくる格好じゃないんじゃない」とか。

あだー、とか、うだー、というのはよく分からないけれど、山田さんの口癖だ。「えっと」とか「うーんと」とかに相当するのだと、博士は解釈していた。ついでに言うと、山田さんは、よく「むふふ」と含み笑いをした。

この時点で、山田さんのイメージは、第一印象からあまりずれないまま焦点が定まってきて、頭が良いけれどちょっとだけ斜に構えた女子、というような感じだった。

山田さんが帰国子女だと聞いたのは、マキちゃんからだ。

マキちゃんというのはもちろん小林さんのことで、山田さんの呼び方に影響されて、クラスでの呼び名まで変わってしまったのだ。山田さんは声が大きくて妙に影響力がある。

そのマキちゃんが、「ユキノンは、キコクシジョなんだよ。英語ぺらぺらなんだって」と言ったのだけど、その時、博士はかなり驚いた。あだー、うだー、などと連発して、どこのものか分からない訛《なま》りもある山田さんのことを、さすがに「ユキノン」とは呼べなかった博士にとって、「キコクシジョ」という響きは、衝撃的に垢抜《あかぬ》けていた。とはいっても、山田さんはあくまで山田さんで、あだー、うだー、むふふ、と繰り返すものだから、博士の頭の中では一向に垢抜けたかんじのする「ユキノン」にはならず、帰国子女というのも、アメリカやイギリスとかじゃなくて、きっとアフリカや南米の野性的な国なんじゃないかと想像するようになった。

山田さんとマキちゃんが、放課後、急いで帰るようになったのは、山田さんが転校してきてから一ヶ月が過ぎた頃《ころ》だった。この頃になると、博士は山田さんを勉強のライバルだと認めていた。一番得意な算数のテストで、山田さんに負けたのだ。

これにはびっくりした。女子は算数が苦手な子の方が多かったこともあるし、また、山田さんが授業中もあまり熱心な様子ではなかったことも大きい。

塾に通っているのだろうかと博士は思った。マキちゃんと放課後すぐに学校を飛び出すのも、それなら説明がつく。

博士自身は塾通いをしていなかった。この町には大手の学習塾はなくて、個人でやっているようなものばかりだったから通う気がせず、また、大きなところに行くために放課後バスで駅前まで出るのは母さんが嫌がった。中学受験をするつもりはなかったけれど、そろそろ自分も行った方がいいのかも、とこの時はじめて思った。

「ねえ、塾に行ってるの」と聞けなかったのは、博士の中に安っぽいプライドがあったからだ。自分でも嫌だったけど、どうしようもなかった。

結果的には、山田さんもマキちゃんも、塾になど行っていないと知るのだけれど、それが分かったのは放課後、偶然、二人に会ったからだ。

このところ博士は天体観測に熱中していた。夏休みに知り合ったコイケさんという大学院生が、使わないからと博士に天体望遠鏡を貸してくれたのだ。本当は「あげる」と言ってくれたのに、高価なものを受け取るのを母さんが許さなかったので、「借りる」ことになった。

夕食を済ませると、望遠鏡を携帯用のソフトバッグに入れて背中に担ぎ、自転車で繰り出す。町から外れて農村地帯に入れば、街灯が少ないところがあちこちにあるので、空にレンズを向ける。友達と一緒のこともあれば、一人のこともあった。平日はどちらかというと一人のことの方が多かった。

その日、夕食前のまだ明るい時間に家を出たのは、暗くなる前にあちこち回ってよい観測地の候補を見つけておきたかったからだ。これまでのところ、街灯の光害を受けたり、足場が悪くて大変だったり、蚊が多かったりで、良い場所を見つけられずにいた。

町はずれの路地を進んでいる時、二人の女の子の後ろ姿が見えた。博士が声をかける前に向こうの方が気づいて振り向いた。

「あれぇ、大窪君、どうしたの」

「あだー、ハカセ君、こんなところでどうしちゃったの」

マキちゃんと、山田さんが、口々に言った。

「そっちこそ、どこにいくの」博士は聞いた。

ひょっとしたら、塾に行くのかも、と急に思ったのだ。

「むふふ、ちょっとそこまでね」

山田さんが、指さすのは路地の一番奥で、古びた建物が一つだけたっていた。

「タイガーハウスに行くわけ……」

その建物は結構有名で、博士も名前くらいは知っていた。実はこの路地も正式なものじゃないけど、タイガー通りと呼ばれている。

「うだー、なんだあ、タイガーって。そこだよ、そこ」と言いながら、山田さんはなぜか博士の背中の細長いバッグに目を向けた。

「それは本当の名前じゃないんだよ」とマキちゃんが口を挟んでくる。「都川学童保育所っていうのが本当の名前。タイガーハウスなんて言うと、所長が怒るよ」

博士は混乱した。どうも、この二人は本当にタイガーハウスに行くらしいのだ。

「あだー、ハカセ君、背中のやつ、天体望遠鏡なんじゃないの」

「そうだけど……」

「むふふ、それはいいなあ。ねえ、マキちゃん、ハカセ君にも一緒に来てもらおう」

「そうね、ユキノン、それがいいわね。ね、いいでしょ、大窪君」

いやだ、とは言えなかった。この二人がこうすると決めたら、それに従わなきゃならない、そんな雰囲気があった。博士は自転車を降りて、二人の少し後から、とぼとぼとタイガー通りを歩き始めた。

2

タイガーハウスと誰《だれ》が呼び始めたのかは知らない。

マキちゃんが言う通り、「都川学童保育所」というのが正式名称で、博士だって知らない訳じゃなかった。お母さんが仕事かなにかで放課後いない低学年の子が行く場所だということも分かっていて、「お母さんがいない＝養護施設みたい」という連想から、とにかく淋《さび》しいイメージがあった。あと、ヤクザが経営していて所長には小指がないとか、うさんくさい噂《うわさ》もあったから、「近寄りがたい」とか「怖い」ともいえた。

だから、二人に従って歩きながら、博士は正直足が重たかった。大した距離じゃないからすぐに到着してしまって、とたんにますます心配になり、自転車の鍵《かぎ》をわざとゆっくりかけながらハウスの中をのぞき込んだ。

入口は小学校の校門のようなスライド式の鉄柵扉《てつさくとびら》になっていた。とても古びており、錆《さび》が浮き出している。木で出来た表札がかかっていたけれど、字が薄くなっていて読めなかった。敷地の中は、きれいに刈り込まれた芝があってよく手入れされていたものの、その向こうに建っているのは見るからにぼろぼろのトタン壁の一軒家だった。これだけでは「怖い」かどうか判断できるはずもなく、その反面、建物のぼろ具合でいうと確実に「かわいそう」だとは思えた。

「あだー、いくよ」と山田さんが振り向いて言い、博士は仕方なしに一歩前に踏み出した。

とたんに、何かが爆発した。

と感じるほどの声。というか、歓声。これまでどこにいたのか、小さな子供たちが、大きな声をあげながら駆けてきたのだ。

「マキちゃーん」「ユキノーン」と口々に言っている。

「むふふ、きょうはお兄ちゃんつれてきたからね。思い切り遊んでもらうといいよ」

小さな子たちのうちの何人かが、博士の方にやってきた。全員が男の子だ。

「名前はなんてんだー」と生意気な口をきくのは、くるくるの天然パーマ。ほかにもひょろりとしたのや、太ったのや、顔が黒いのや、青白いのが、何かに飢えたみたいな視線で博士を見ていた。

「うだー、ハカセだよ。ハカセって呼びな」と山田さんが言うと、「ハカセ、ハカセ」とはやし立てる。

「じゃあ、ハカセー、キャッチボールしよう」

「やだよ、ドッジボールしよう」

「ハッケヨイ、しようよ、ハッケヨイ」

口々に言われ、体にぶつかられたり、引っ張られたりするうちに、博士は実際にキャッチボールをしたり、相撲を取ったり、小さい子の両手を持ってぐるぐるまわしたり、かなり荒っぽい遊びを次から次へとこなしていった。なんでぼくがこんなことをやってるんだろうと思いつつ、嵐《あらし》のような子供たちの歓声の中で博士は文字通り揉《も》みくちゃにされた。

「さ、おやつの時間ですよー」と大きな声がしたのは、博士がへとへとになって、芝生の上にへたり込みたくなった頃だった。しわがれてはいるけれど、芯《しん》のある明るい女性の声だった。

背筋の伸びた白髪のお婆《ばあ》さんが、トタン壁の家の玄関から手招きしていた。

「みなさん、いらっしゃーい」と少女のように軽くジャンプしながら言う。

子供たちがうわーっとまたも歓声をあげながら走り、取り残された博士は呆然《ぼうぜん》と立ちつくした。

「あだー、ハカセ君、急がなきゃ、おやつ、なくなっちゃうんだからね」と山田さんに腕を引っ張られた。

タイガーハウスの中は、甘く香ばしい匂いが充満していた。一階は大きな広間がひとつとキッチンがあるだけで、広間には低いテーブルが並べられていた。そこで十五、六人の子供たちが行儀良く並び、皿に置かれたクッキーを食べていた。山田さんとマキちゃんは、それぞれ子供たちと一緒にテーブルについて、博士は一人取り残された。

博士はつい部屋の中を見渡して所長の姿を探した。小指がないって噂もあることだし、すごく強面《こわもて》でヤクザっぽいのだろうと想像していたのだ。もしも、想像通りだったら、やっぱり逃げた方がいいかも、なんて思ったり。

「ハカセ君、といいましたか。きょうはありがとうございました。よかったらどうぞ」

さっきのお婆さんが皿ごとクッキーを差し出した。

「あ、ありがとうございます」

口に入れると、すごく濃密で奥行きのある甘さが体中に広がった。バターの味だ。博士はこんなにたっぷりとバターを使ったクッキーを食べたことがなかったから、すごくびっくりしてしまった。

「人手不足なもので、本当に助かっているんですよ。ああやって、遊んでもらって」

お婆さんの視線は山田さんとマキちゃんがいるあたりに向いていた。

「あのう」と博士は聞いた。「所長さんはいないんですか……」

お婆さんはきょとんとした表情になった。実に上品でかわいらしいお婆さんなのだ。

「所長はわたしですよ。所長といっても、常勤職員はわたしだけなんですけどね」

博士は目を見開き、呼吸を止めた。そして、事情を飲み込んだ瞬間、心底ほっとして、にっこりと微笑《ほほえ》み、「クッキー、おいしいですね」と言った。

「ありがとう。お菓子を焼くのは昔からの趣味なんですよ。古いけれど良いオーヴンが、ここのキッチンには入れてありますから」

微笑み返す所長さんはこれまた本当にかわいらしくて、年齢のことを一瞬忘れてしまうほどだった。

「山田さんと、小林さんは、クラスでもすごく人気があるんですよ」思わずそんなことを口走ってしまう。

「そうでしょうとも。ああいう娘さんがいるのは、ありがたいことです。わたしたちの町も捨てたものじゃないとわかりますからね」

誉《ほ》められている当の二人は、もうクッキーを食べ終えて、小さい子たちを相手に折り紙で遊んでいる。

「ただいまー」と女の人の声がした。

「おかえりなさーい」と所長さんが華やいだ声で返事をするより早く、顔を輝かせた小さな男の子が女の人の方に走っていった。お迎えのお母さんなのだと気づいた。もう外は薄暗くなっている。

そうこうするうちに、次々にお迎えがやってきた。広間はみるみる閑散として、とうとう子供たちは三人を残すだけになった。そのうちの一人は色黒の男の子で、博士もさっき遊んだから知っている。無口だけど、表情が豊かで愛らしい。

山田さんがその子と話してる声が聞こえてきた。なんだか鼻にかかった独特の発音だ。そうか英語なのだと思った。帰国子女の山田さんは、英語ぺらぺらなのだ。ということは、あの子は、日本人じゃないのか、と妙に納得する。浅黒い艶消しの肌は、日本人にはあまりない色だったし、目の色とか、筋の通った鼻とか、日本人離れしたところがあった。

「ユキノンのおかげで、ピエールはやっと話すようになったのですよ」と所長さん。「お母さんは日本人ですけど、フランス留学中に結婚して産んだそうです。ここに来るようになって二ヶ月ですが、お母さんが時々、迎えに来てくれません。うちはホテルじゃないんですけどね」

小学生の博士が受け止めるには重たすぎる言葉だった。でも、博士はそんなことよりも別のことでびっくりしていた。

「じゃあ、山田さんが話してるのって……」

「ユキノンはいくつかの国の言葉が喋《しゃべ》れるようですね。そもそもここに来てくれるようになったのも、ピエールが逃げ出して町を歩いているのを見つけて連れてきてくれたからなのです。ピエールは二年生ですが、まだ日本語は充分に話せません。フランス語を話す相手ができて、やっと心を開いてくれたんですね」

英語だけでもすごいと思っていたのに、フランス語だなんて！　まじまじと山田さんを見たら、「むふふ、ハカセ君、あたしの顔にゴミでもついてるかー」と言った。博士はそのギャップに頭がくらくらした。

その感覚は、この後、二階に導かれて、テラスに出た時、さらに強くなった。

「あだー、ハカセ君は、観測できる場所を探してたんだよね。なら、ここ、悪くないんよ。その経緯台は使いにくそうだから、なんだったらあたしが家から軽めの赤道儀を持ってきてもいい。月とか惑星とか、子供らに見せたげてほしいんよ」

山田さんが詳しいのに、まずはびっくりする。だからこそ言っていることにも信憑性《しんぴょうせい》があって、博士が自分で確かめると、建物自体がボロの割には、テラスはすごくしっかりした造りなのが分かった。天体望遠鏡を置いてもぐらぐらすることはなさそうだったし、位置が高い分、空が広い。適度に町の中心から離れていて、中心部との間に木立があるから光害もそれほどではなかった。こういうところならしつこい蚊に悩まされることもないだろう。たしかに絶好の観測拠点になりそうだった。

博士はテラスの上にまず経緯台が付いた三脚を載せてみた。さらにその上に望遠鏡を取り付けようとすると、山田さんが体をぶつけるように割り込んできて、「あだー、あたしがやる」と言った。

返事をするまもなく、山田さんは細長い望遠鏡を経緯台にとりつけた。ガイドのハンドルを握り、何度か微調整して、「ほら見えた」と言った。鮮やかな手際だった。

博士がのぞき込むと、ぼんやりした縞模様《しまもよう》の天体が映っていた。周囲にはぼんやりした輪があるのも分かった。

「土星だね」

「うだー、子供に見せるにはちょうどいいんじゃない」

「山田さんも、天体観測するの……」博士はおそるおそる聞いた。

自分よりも算数が得意で、天体観測についてもずっとよく知っているかもしれない女子。不思議と悔しい気持ちはしなかった。むしろ、胸が高鳴った。

「あだー、あたしは天体観測に興味ないんよ。じっと空見てんなんて、性に合わんし。単にオヤジの趣味なんよね」

そう言いながらも、山田さんは天体望遠鏡から離れるわけではなく、博士と交互にアイピースをのぞいてはああだこうだと語り続けた。

体が密着して、山田さんの胸が脇《わき》の後ろに押しつけられ、それもちょっと柔らかいかんじで、博士はどぎまぎした。

博士は緊張したりすると、おちんちんがじーんと熱くなることがある。この時もそうなって、それも、普通のかんじとは違ってもっと甘ったるいものだったので、博士はますます緊張してしまった。

3

「ユキノンは国際人なのよ。おまけに知識人なの」とマキちゃんは言う。言い方にすごく熱が籠《こ》もっていて、博士はびっくりした。マキちゃんは、どっちかというとクールな女の子なのに。二人が個性の際だった姉妹みたいだと感じたことがあるけれど、マキちゃんの様子ではむしろ、恋人同士みたいだった。

タイガーハウスからの帰り道、博士は自転車を押して、山田さんとマキちゃんの三人で歩いているところだ。当の山田さんは、話題に乗ってこようとはせず、ポーカーフェイスだった。

「むふふ、そういうのはともかく、ハカセ君、明日からも頼んだから。あたしたちだけだと、ちょっと足りない部分があるんよ。ハカセ君が来てくれると安心だわ」

「でもさ、なんで山田さんとマキちゃんは、毎日あそこに行ってるの」

博士は思っていた疑問を投げかけた。

最初、マキちゃんは質問の意味が分からない、というふうに目をしばたたいた。

「そりゃあ、行きたいからよ。行ったらみんな喜んでくれるし。所長の三上《みかみ》さんだけじゃ、とても手が回ってないわけだしね。父さんもこういうことなら帰るのが遅くなっても認めてくれるし」

たしかマキちゃんのお父さんは、地方紙のデスクか何かで、いわゆる新聞記者なのだ。

「じゃあ、山田さんは？」

博士は話を振ってみた。今は山田さんのことを知りたい気分だった。

山田さんは、眉間《みけん》に皺《しわ》をよせて、あだー、うだー、うめき声をあげた。どんな言葉が出てくるのか耳を澄ませていると、急に前方から重いエンジン音が響いてきた。

黒塗りの大きな車が、狭いタイガー通りいっぱいになってゆっくりこっちへ進んでくるのだ。「あだー、ロールスロイスじゃないの」と山田さん。

その車の名前は知っていた。やたら高級で、金持ちしか買えないもののはずだ。

博士は急いで自転車を路肩ぎりぎりに寄せた。それでも、ロールスロイスにぶつかりそうになって、思わずのけぞった。スモークガラスの向こうには伊達者《だてしゃ》っぽい白いスーツの男がいて、なんでこんなところに用事があるんだろうと思った。だって、この先にはタイガーハウスしかない。

胸がざわめいたのは、博士が一度思い描いたイメージのせいだ。三上さんが所長だと分かる前に想像していた通りの強面のヤクザ所長。まさにそんなかんじがした。

ロールスロイスが通り過ぎた後、山田さんとマキちゃんの話題は、柿崎先生の新しいジャージのことに移っていた。山田さんのことをもっと聞きたくてしばらく様子をうかがっていたけれど、博士が入り込む隙《すき》はなかった。

翌日からは学校生活が輝いた。秘密を持つ、ってことはかなり楽しい。

博士が一番仲がいいのは、今もサンペイ君なのだけれど、特にサンペイ君には秘密にしなきゃならない気がしていた。なぜなら、山田さんとサンペイ君はそりが合わなかったからだ。

博士は普段あまり他人に関心のないサンペイ君が、「どうも今度の転校生はいけないね。自分が一番偉いと思ってる」と批判するのを聞いたことがあった。一方、山田さんの方も「あたし、転校が多いから、ついクラスの観察をしちゃうんだよね。それで分かったのは、ここはナカタ君のクラスだってこと」と少し斜に構えたような雰囲気で言っていた。サンペイ君がこのところ福ちゃんたちと和解して、クラスの中心人物になりかけてることを言っているらしいのだけど、「ナカタ君のクラス」だなんて表現が大げさで、博士にはおかしかった。

秘密のうちに、博士はほとんど毎日タイガーハウスに通った。二階のテラスには、山田さんが持ってきた赤道儀がでんと設置してあって、その上に細長い望遠鏡を載せるとすぐに観測できるようになった。

博士がコイケさんから借りている望遠鏡は、レンズの口径が五センチクラスの入門用のものだ。集光力が裸眼の五十倍くらいで十等星まで見られる。それほど「明るい」レンズではないので、観測の対象として適しているのは、月や惑星みたいな大きく明るい天体や、「すばる」などの星団だった。

夕方、月がうっすらと見える時間帯には、まだたくさん残っている子たちに、もっぱら月を見せた。大気のゆらぎでゆらゆらと揺れる表面は幻想的で、みんな気に入ったみたいだった。もっとも「月にウサギはいない」と知ってしまってがっかりする子もいた。

そんな子たちですら毎日、月の様子をスケッチするうちに満ち欠けの移りかわりがおもしろくなってきて、失ったウサギにかわる楽しみだってあることを分かってくれた。お迎えが遅い何人かの常連の子たちには、暗くなってからの夜空を見せることができた。宵《よい》の明星《みようじよう》金星と、ちょうど今、宵の口に見えている土星や火星。この三惑星だけでも、充分に見応《みごた》えがあった。「ぼくはこう見えたよ」などと言いながらスケッチを見せ合ううちあっというまに時間が過ぎた。

最後まで残るのはきまってピエールだった。ピエールのお母さんはひどく忙しく、迎えに来ないことすらあった。だから、週の半分くらいは所長さんと一緒にハウスに泊まっていた。空がすっかり暗くなって、そろそろ遠くの暗い天体を見てみようと思った時にまだハウスにいるのはピエールだけのことが多かった。

ピエールにとって山田さんはフランス語で話せる唯一の人で、博士は「望遠鏡のお兄さん」だった。望遠鏡を覗《のぞ》くのに言葉はいらないから、いろいろな惑星や雲のような銀河を見るうちにだんだん熱中して、博士もうれしくなるくらい毎日の観望会を楽しみにしてくれているようだった。

三人で交代交代に望遠鏡を覗いていると不思議に気分が落ち着いた。博士には山田さんもそう感じているのが何となく分かっていて、でも、なぜこんなに落ち着くのか不思議だった。

マキちゃんがバレエの練習で来られなかった夜のことだ。ピエールが眠ってしまい、小さな声で「ママン」と寝言を言った。その瞬間、ドキッとした。博士は三人のことを何となく家族みたいだと思ったのだ。ピエールが息子で、そうすると、博士と山田さんが夫婦ってことになる。考えただけで恥ずかしくなり、あわてて打ち消したのだけれど、頭の中にそのイメージが張り付いてしまって離れなかった。

その後、博士と山田さんは、どちらが言い出したわけでもなく、天の川にレンズを向けた。特定の天体を狙《ねら》うわけではない。白くもやーっとした輝きが無数の星々として分解されて見えてくるのが純粋におもしろかった。それぞれが「ここぞ」と選んだ場所を見せ合い、どっちが「星だらけ」か競う。この程度の小さな望遠鏡だと、天の川も星々に分解されるというよりも、ますます凄《すご》みのある光の塊みたいに見え、博士は新たな星野をアイピースの中に収めるごとにため息をついた。

「宇宙ってすごい」と言って、きっと山田さんも「そうだね」と言ってくれると思い、返事を待った。

「あたしはね、そういうのうんざりなんだよねぇ」

ちょっとしんみりした声だ。背後から博士を押しのけるようにしてアイピースをのぞき込み、体を密着させてくる。山田さんのこういう無造作な動きはいつものことで、博士はそのたびにどぎまぎしどおしだった。

「うんざりって、どうして」博士はうわずった声で聞いた。

「オヤジがさ、天文学者なんよ」

「え……」

博士はびっくりして言葉を失った。山田さんのお父さんが天体観測好きだとは聞いていたけど、まさかプロの研究者だなんて想像していなかったから。

すごいなあ、うらやましいなあ、と思った。博士の夢は、天文学者や物理学者といった、宇宙のことを研究する科学者になることだ。いつかサンペイ君に宣言したことがある。でも、山田さんは「うんざり」と言う。どうしてなんだろう。

山田さんは大きなため息をつき、アイピースから目を離した。そして、博士の背中にほお杖《づえ》をつくような姿勢になった。

「あたしが転校続きって話したっけ。フランスとオランダに二年ずつで、それから長野にも一年」

「うらやましいって思う人もいると思うけど……」

博士は後ろ向きのまま答えた。そう言いながら、山田さんが、あだー、とも、うだー、とも言わないことに気づいた。それだけで、とても女の子らしい話し方になる。

「じゃあ、ハカセ君は、転校したい？　国内でも海外でも、どこでもいいけど、来月転校だって言われたらうれしい？」

博士は答えようとしたけれど、言葉が喉《のど》に詰まってしまった。

「要するにさ、オヤジがあちこちの研究所で働いては、また別のところってふうに渡り歩いてて、なかなか決まったポストにつけないんよ。今はフランスの大学から帰ってきて、東京の天文台の助手みたいな仕事してるんだけど、また次のポストも探してるんだよね。ということは、それが決まったらすぐ引っ越し……」

博士は急に淋しくなってきた。それは、夏の初めに夜の都川を流れ下った時、目の前を覆った星空に圧倒されて、自分がすごく小さい存在のような気がして、猛烈に淋しくなったことと似ているようで、少し違う気もした。

「だから、あたし、天体観測って基本的に嫌いなんよね。オヤジがこういう職業じゃなかったら、もっと同じ場所に落ち着けたのに。オヤジは星が見えればどこでも同じだ、なんて言うんだけど、あたしにはそれは嘘《うそ》なんよ」

「そんな……だったら、なんで……」

なんでぼくと一緒に星を見ようって気になったわけ、と聞こうとして、どうしても言葉が出てこなかった。

ふいに山田さんの頰《ほお》が肩のあたりに押しつけられ、シャンプーと汗が混じった不思議な匂いがした。背中には上半身が密着して、胸の膨《ふく》らみすらしっかり伝わってきた。

「ハカセ君も、転校生だったわけでしょう。そういうのってわかるんよ。いつかこの町を出て行くんだろうし、ひょっとしたらすごく遠くへも行くのかもしれないし。あたしがマキちゃんと仲良くなったのも同じ理由。マキちゃんも転校生だから。でも、マキちゃんはきっとあまり遠くには行かない。それがいいの。あたしは、別に外国なんて行きたくないのに、あちこち連れ回されちゃったから、マキちゃんが羨《うらや》ましい。ずっとここにいたい。ハカセ君やピエールや三上さんや、クラスのみんなと一緒に、ずっとここにいたい」

途中から山田さんの体が震え始めて、Tシャツの背中がじんわりと湿ってくるのが分かった。すごく大事なことを言われているのが分かって、あらたまった気持ちになったのに、博士の心臓は相変わらずドキドキで、それよりも悪いことに、腰から下に甘いしびれのような感覚が膨らんで、端的に言うとおちんちんがはち切れそうに痛かった。恥ずかしかった。でも、その痛みは、甘ったるい感覚と表裏一体で、それらが一緒にどんどん大きくなって、最後はどうなっちゃうんだろうと不安になった。

「ごめんね、ハカセ君。しばらく、こうさせといてよ」

耳元で少しハスキーな言葉が囁《ささや》かれると、もう破裂しちゃいそうだ。どこかから車の音がして、テラスがうっすらと明るくなった。でも、博士はそれどころではなかった。とにかく苦しかった。逃げ出したいような、どうにかなってしまいたいような……。

ドンッと立て付けの悪いドアを勢いよく開ける音がした。

「こるらぁ、いい加減にしろっ。どういうつもりだー」

大きく野太く力のある男の声だった。

見つかったのだ、と思った。山田さんと二人でくっついているのが見つかったのだ、と。

目の前が白く弾《はじ》け飛んだ。

腰の甘い感覚が一点に集約して、ドクッ、ドクッと脈動した。パンツの前が熱く、濡《ぬ》れる感覚があった。

山田さんが立ち上がって、ぱっと博士から離れた。

ピエールがうっすらと目を開けていて、彼を抱き起こし何かをフランス語で言った。

博士はズボンの前を押さえながらあたりを見渡した。二階の部屋に男が来ているわけではなく、物音は一階の広間から聞こえてくる。

階段を途中まで下りておそるおそる顔を出すと、いつか見た白スーツの男が三上さんの前に立っていて顔をゆがめて凄んでいた。

「借金返せないんだったら、とっととやめちまえ。こんな施設、なんの役にも立ってねえ。どうしてもやめないっていうなら、やめてもらうまでだ」

「施設はやめませんよ。やめさせられもしませんよ」所長は背筋を伸ばして、すごく毅《き》然《ぜん》としていた。

「気にくわねえな。あんたがいくらそう言っても、借金だけはどうにもならない。やめて土地を売っ払うのがたった一つの方法だ。そこんとこ世の中はシビアなんだぜ。甘い考えは通用しない」

「甘い考えで、わたしは七十年間生きてきましたからね」

「ってのが、気にくわねえって言ってんだよ！　借金で首が回ってないくせに偉そうに言うんじゃねえよ、クソババア」

すごい剣幕だった。博士は体がすくんでしまって階段で丸くなってしまった。

後ろから足音が聞こえる。そして泣き声。ピエールが泣いているのだ。

山田さんはピエールを博士に任せると、スタスタと階段を下りていって、大きく息を吸い込んだ。

「あだー、あんたさあ、声、大きすぎんのよ。小さい子が泣いちゃった。悪いけど、きょうのとこは帰ってくんない？」

とぼけた言い方で、男は毒気を抜かれたみたいに口を半開きにした。そして、くるりと後ろを向くと「また来る」と言って、ドアに向かった。

車のエンジン音が遠くに消えた後で、三上所長はやたらのんびりとした、明るい声で、「ごめんなさいね。変なもの見せちゃったわね」と言った。

言いだしっぺは、山田さんとマキちゃんだ。柿崎先生に事情を話して学活の時間を少しもらい、話し合いを持つことになった。

4

山田さんとマキちゃんと博士の三人が、前に出て話した。

タイガーハウスこと、都川学童保育所が経営の危機。市の助成金も打ち切りの方向。わたしたちの学校からも何人か行っている学童保育所だし、つぶれてしまったら放課後、行く場所が無くなる子がたくさんいます。みんなで署名を集めて、市長さんに届けましょう。

ちらしはすでにつくってあって、それをみんなに配った。山田さんが文面を考えて、マキちゃんがイラストを描いたものだ。下半分が署名のスペースになっている。博士はなにをやったかというと、ガリ版を刷っただけだった。

クラスの反応は良好だった。家に帰ったらまず家族、そして、近所の人たちにも書いてもらってくるのをみんな引き受けてくれた。とりあえずの目標は千人以上。これだけ署名が集まれば市長に持って行く。ほかの学年の子にもちらしをくばって協力を求めるので、千人というのは現実的な数で、本当は二千人くらいをめざしたいこと、などを山田さんとマキちゃんはてきぱきと伝えた。

とにかくこれで、秘密は秘密じゃなくなった。秘密がなくなるのは残念だったけれど、そうも言っていられなかった。

「署名がたくさん集まって、市長さんに渡せるくらいになったら、新聞で書いてもらうから」と言うのはマキちゃん。すでにお父さんにこの話をしていて、お父さんはとても興味を持っているそうだ。

「すごいっしゅ。写真、でるっしゅかねぇ」とお調子者のタッキーが言うと、「バカか、おめが、出るわけねえべ」と福ちゃんがつっこんで、クラスが爆笑に包まれた。

笑いが途切れた瞬間、ぼそっと声がした。

みんなが耳をそばだてた。サンペイ君が何か言ったのだ。

今度は大きな声で、少し怒ったような調子で繰り返した。

「なんか、格好良すぎるのだなあ。そういうのってうさんくさいのだよ」

しーん、と沈黙。

「あだー、格好良くても悪くても、どっちでもかまわんのよね。あたしらは、単にこのことをなんとかしたいだけなんよ」

「なんで転校生がそこまで気にするのだ。この土地のことは、地元のもんに任せておけばいいではないか」

博士は山田さんとサンペイ君を交互に見比べた。山田さんはさっきまでのゆったりした表情を崩して、唇を噛《か》んだ。ほんの一瞬だけど博士は見逃さなかった。一方でサンペイ君の方も、噛みつくみたいな余裕のない表情をしていた。

「サンペイ君、違うんだよ、山田さんは転校生だけど本当は転校なんてしたくなくて……」博士は言いかけて、口をつぐんだ。肩に手がかかるのを感じたからだ。

「うだー、だから、地元のみんなに署名してほしいわけなんよ。ナカタ君だって地元なんだから、協力してほしいんよ」

山田さんが博士に目配せした。あの夜話したことは秘密だから、と言っているみたいだった。そうか、こういうところに秘密が残っていたのかと思った。

署名の説明が終わって席に戻る時、マキちゃんと目が合った。どこかおかしかった。いつもなら笑いかけてくれるのに、すぐに視線をそらしてしまったのだ。

どうしちゃったんだろうと思って、思い当たった。山田さんのことなのだ。山田さんとの間にちょっとだけ秘密があることをマキちゃんはふて腐れているのだ。マキちゃんは山田さんと恋人同士みたいな気分でいるらしいから、そこに博士が割り込んで嫉妬《しっと》されちゃったのかもしれなかった。気が重くなったけれど、しばらくしてまた目が合った時には、いつもみたいに大きな前歯をこぼして笑ってくれたから、ほっとして忘れてしまった。

放課後、さっそく署名集めを始めた。新聞に写真が出ると本気で考えているタッキーも含めた四人で、町の中心のバスターミナルに立つ。小学生が大声で署名を呼びかけると、バスを降りた人たちは一応耳を傾けてくれるし、簡単に署名してくれる。本当に学童保育所の問題に興味を持ってくれているのか分からなかったけれど、署名だけはどんどん集まった。この調子なら、一日で軽く百や二百は行くかもしれなかった。これにクラスのみんなが持ち帰ったものを加えたら、結構な数字になるに違いない。

しばらくして、目抜き通りをやたら目立つ黒塗りのロールスロイスが近づいてくるのが見えた。見覚えがある、というか、こんなひなびた町を走っているロールスロイスがそういくつもあるはずがなく、博士は身構えた。バスターミナルの中につっこんできて、停車する。スモークガラスの向こうには例の白スーツ……。

「逃げたほうがいいかも……」

言い終える前に、タッキーの姿が消えた。白スーツの男のことを知りもしないくせに、とにかく危ないと思ったらタッキーは一目散だ。

ドアが開くと、いきなり大声が響いた。

「こぉるらぁ、余計なことすんな。おまえらが口出す問題じゃねえだろうが！」

白スーツの男が足を踏み出した瞬間、博士はくるりと反転して駆けだした。もちろん山田さんとマキちゃんも一緒だった。すぐに路地に飛び込んで、一息ついて、みんなで笑い合った。こんなふうに顔全体で笑うと、二人ともドキドキしちゃうくらいきれいだと思った。

すると、なぜか、山田さんと二人きりの夜、パンツをおしっこではなく濡らしてしまって、家に帰ってから自分で洗ったことが思い出され、顔が熱くなった。下半身に例の甘いわだかまりを感じて、自分が嫌になった。

翌日、集まってきた署名はほかのクラスのものも含めて全部で五百を超えた。まだ戻ってきていない用紙も半分くらいあるから、目標の千人には週末までには届くのではないかと思えた。予想以上に好調で、みんな楽観的な気分になった。

でも、博士にとって問題はサンペイ君だった。サンペイ君はこの問題についてつむじを曲げている。それがすごく淋しかった。

博士にはなんとなくその理由が分かっていた。単に山田さんが気にくわないだけなのだ。サンペイ君は心の底から遠くに行きたいと願っていて、今ここにいるのが居心地が悪い。山田さんは遠くばかり旅してきて落ち着く場所がほしい。サンペイ君にとって、山田さんはうらやましくて仕方ない存在で、それなのに山田さん本人はサンペイ君がうらやましいまさにその点を嫌だと思っている。するとサンペイ君は、自分のことが否定されたみたいな気分になってしまう。山田さんは博士に口止めしたけれど、サンペイ君は言われなくてもしっかり感じ取っている。

博士はサンペイ君にいろいろ言ってみた。

「タイガーハウスにはね、お迎えがこない子もいるんだ。だから、ちゃんと守ってあげなきゃ、大変なことになっちゃうんだよ」とか、「山田さんは、あれはあれで大変な経験をしてきたんだ。サンペイ君と山田さんは本当はすごく仲良くなれると思う。変なことで喧嘩《けんか》しないでほしいんだ」などなど。

でも、サンペイ君はぜんぜん態度を変えなかったし、しまいには、博士も腹が立ってきた。本当に大人げない。もちろん小学生だから大人じゃないのだけど、サンペイ君のウリは大人びたところなのだから、こんなところでガキっぽいのも困る。しまいには、サンペイ君の気持ちを気遣っていたのが馬鹿《ばか》みたいに思えてきて、もうとにかく巻き込んでやろうと決めた。

放課後、「ついてきてもらうからね」と有無を言わさずにタイガーハウスまで引っ張っていった。サンペイ君はぶつくさ言っていたけれど、そんなの全部無視。とにかく、所長の三上さんや、子供たちに会えば、いくらサンペイ君だって、分かってくれるはずだったから。

タイガー通りに入ると、かすかな臭気がどこからか漂ってきた。懐かしいような、切ないような匂いなのだけれど、それが何かしばらく分からなかった。

「ハカセ君、これは燃えているのではないか」と言われて、やっと理解した。懐かしいのは、それがたき火の匂いだったからだ。

さらに近づいていくとそんな穏やかなことではないと分かった。タイガーハウスの中から青白い煙が立ち上っていた。バチ、バチとはぜるような音がして、屋根の一部が崩れ、そこから蛇の舌のような炎がちろちろと顔を出した。

子供たちは外に出ていて、芝生の縁《ふち》のあたりに凍り付いたみたいに立っていた。膝《ひざ》を芝につけたマキちゃんが小さい子を二、三人まとめてだきしめていた。とにかく無事でよかった。

気になったのは天体望遠鏡のこと。このところ二階にずっと置いたままにしていて、あの様子では燃えてしまったかもしれない。誰かが持ち出してくれていたらいいのだけど……と思ったとたんに、中に人が残ってたら大変だと気づいた。

「みんな逃げられたの？　全員、外に出た？」博士はマキちゃんに聞いた。

「ユキノンが……、ユキノンが……」と鋭い声で言った。

「どうしたの。まさか……」

「まだ中にいるの。三上さんとピエールも」

「そんな……そうだ、消防車は？」

「もう連絡してもらった。でも、まだ来ない」

さっきまではくすぶっていた火勢が、天井が抜けたことで一気に強くなっていく。

「煙に巻かれて気を失っているのかもしれない。だとしたらとても危険なのだよ」

人ごとみたいにのんびりした声でサンペイ君が言った。

火事。中には山田さん、ピエール、そして所長。

「大窪くん、どうしよう……」

マキちゃんが泣き顔になって、博士を見上げた。

頭の中に山田さんの顔が思い浮かんだ。あだー、とか、うだー、とか言ってる時のとぼけた感じではなく、博士の背中で震えていた夜の山田さんのか細い笑顔だった。

タイガーハウスの中でバチッと何かが爆《は》ぜるような音がした。と同時に車の急ブレーキの音が響き、ロールスロイスの中から例の白スーツのヤクザ男が現れた。

「おまえら、なんでこんなとこにいる。関係ないヤツはとっととといっちまえ」

まるで虫けらを追い払うみたいに言う。博士はカチンと来てしまった。

「友達と所長たちがまだ中にいるんです」とマキちゃん。

「無駄だよ。この人は、タイガーハウスなんて燃えちゃえばいいと思ってるんだ。所長だって死んじゃえばいいと思ってるんじゃない」

言い終わらないうちに博士は駆けだした。「おい、ハカセ君、ダメだ。中に飛び込んだらきみまでやられてしまうじゃないか」とサンペイ君の声を背中に聞きながら、水撒《みずま》き用の水道の蛇口《じゃぐち》を全開にして頭から浴びた。Tシャツをめくりあげ、鼻と口を覆った。いつかテレビで観《み》たことがあった。火事に巻き込まれた時の逃げ方。ほんの少しの距離なら、こうやれば平気だったはずだ。

扉の前に立って何度も深呼吸した。プールで思い切り潜る時みたいに息をためて、中に入ったらできるだけ空気を吸わないこと。じゃないと、有毒ガスにやられたり、喉や肺を火傷《やけど》したりすることになる。

さあ、行くぞ。

と思った瞬間、肩を摑《つか》まれた。

「ちょっとシャツを貸してくれ」と言って、博士の濡れたTシャツを無理矢理引きはがす。白スーツのヤクザ男が、自分自身全身びしょぬれで、博士のTシャツをハンカチみたいに口に当てて立っていた。

「坊主はそこで見物してろ。こういうのは大人に任せるもんだ」

え？　なんで、あんたが、と思うまもなく、ヤクザ男は入口の扉を蹴破《けやぶ》り、煙の充満した広間に飛び込んだ。

そこから先の時間はやたら長くかんじられた。バチバチッと何かが爆ぜる音がしきりと聞こえ、そのたびごとに胸が削られる思いだった。やがて、遠くからサイレンの音が響き始め、それがどんどん近づいてきて間近に迫った時、ふいに目の前に灰色の塊がどっと落ちてきた。

「いてて」と言うのはヤクザ男だ。

「あだー、二階から飛び降りるなんてレディにはちょっと相応しくないんよね。自分の体重だけでも結構なもんなのに、子供抱いてちゃねぇ……」

山田さんはピエールと一緒に黒く焦げた筒のようなものを抱きかかえていて、博士に差し出した。

「うだー、ごめんね、ハカセ君。望遠鏡、助けられなかったよ」

「ユキノン！　ピエール！」マキちゃんが涙顔で走ってきた。

山田さんの腕の中のピエールは、ひきつってはいたけれどなんとか笑いを浮かべた。目は死んでいない。

それより重症なのは、三上所長だった。ヤクザ男が抱いて飛び降りたはいいものの、目を閉じていて気を失っているようだ。胸が上下しているから、生きているのは間違いないのだけれど。

「うー、いてえ、たまんねえ。こりゃあ、脚、折れてるかな」

ヤクザ男の顔がゆがみ、脂汗が浮き出していた。

「大丈夫ですか、大丈夫ですか」マキちゃんが心配顔で聞く。

「すみませんでした。ぼく、誤解してました。みんなを助けてくれてありがとうございます」

「そんなの当たりめえだろうが。てめえのお袋と、お袋が子供みてえに大事にしてる子らだ。命張っても惜しくねえって……それにしても、いてて、どうにかならんか。脚がちぎれそうだ」

博士は呆然とする。この人って、取り立てに来たヤクザじゃないのか。三上さんの息子さんだっていうのだからびっくりだった。

「こっちでーす、けが人がいまーす」と声がした。サンペイ君が消防の救急隊の人たちを先導して走ってくるところだった。

三上さんが、目を開けて、「あら、燃えちゃったのね」とまるで、クッキーを焦がしてしまったみたいな普通の口調で言った。博士は膝の力が抜けてしまって、その場にしゃがみ込んだ。

5

結局、出火原因はオーヴンの老朽化だとわかり、学童保育所の施設を民間にまかせたきり放置した市の責任を問う記事が新聞に出て、市議会が紛糾し、ああだこうだと駆け引きがあって、博士たちが知らない世界で決定がなされ、都川学童保育所の再建が決まった。新しい建物はもう少しきちんとした契約をして、運営費を払った上で、三上さんが所長になるそうだ。

こんなことを教えてくれたのは、マキちゃんだった。この件でたくさん記事を書いて応援してくれた記者さんが、マキちゃんのお父さんの部下だったので、マキちゃんの耳には細かいことが知らされたというわけ。署名は結局、千人どころか二千人分集まって、それを市役所に届けた時にも大きな扱いで記事になった。写真に写ったのは、望み通りタッキーだったけれど、実質的にはマキちゃんの勝利だ。山田さんは、火事で気道に火傷を負って、一時、入院したので、署名のラストスパートには参加していない。

山田さんが退院して登校するようになってから、博士は一人で病院に例のヤクザ男、というか、三上さんの息子さんを訪ねた。誤解していたことについて、ちゃんと謝っておきたかったから。

息子さんは両脚骨折で天井から吊《つ》られた痛々しい姿で博士を迎えた。

「よ、医者が医者にかかってりゃあ、仕方ないよな」と笑う。

彼は実は町の開業医で、たしかに博士は「三上外科・整形外科」の前を自転車で通ったことがあった。老齢の母親に隠居してほしいのにいつまでもああいう大変な仕事を続けているのが嫌で、おまけに母親の「余生」のために積み立てた資金までつぎ込んで頑張るものだから、ああだこうだと言い合ううちに話がこじれてしまったのだという。こういうのを聞いていると、大人ってすごく複雑だと博士は思う。

「それでさ、大窪君、きみはどうもモテモテなんだな。いや、大したもんだ。ひ弱に見えるが、芯が通ってるってことか、それともひ弱なところが逆にいいのか」

息子さんの言葉に、博士はなにがなんだか分からなくて、ただ顔を赤くした。

「ほら、あの子、山田さんだ。二日間だけ入院しただろ。それでよくおしゃべりしたんだが、きみの話ばっかりだったぞ」

博士は顔だけじゃなくて、頭の中までゆであがるような感じがして、それよりもなによりも腰のあたりに例の甘い感覚がよみがえるようで、あわてて病院を後にした。

これまで頭の中で打ち消してきたけど、もう博士は山田さんのことが気になって仕方なかった。席が隣でも意識してしまうとなかなか話せない。山田さんのほうもなんとなく避けているふうもあって、事務的なこと以外、言葉を交わすことがなかった。

焼けてしまったタイガーハウスは、すぐに近くの市の出張所の一室で再開されていて、山田さんとマキちゃんは毎日のように行っているらしかった。でも、博士は一度も顔を出さなかった。博士がタイガーハウスに通ったのは、小さな子供たちに星を見せてあげるためであって、今や博士の望遠鏡は黒こげで鏡筒がゆがんでしまったから用無しなのだった。

だから、博士の六年生の秋はタイガーハウスと関《かか》わる前と同じように、いや、望遠鏡をコイケさんから貸してもらう前と同じような、平坦《へいたん》な日々だった。

強い風が吹いて紅葉した木々の葉が一気に落ちた土曜日、午後一番にチャイムが鳴り、博士の家の前に山田さんが立っていた。ひどく重たそうな木箱が地面にでんと置かれていた。

「これなんだけど、オヤジの部屋の整理してたらでてきたんよね。古いけど、反射式というか、シュミット・カセグレンの十センチ。オヤジはもう使わないから、ハカセ君にあげてもいいそうなんよ」

いきなり言われて、びっくりした。口径が十センチといえば、これまで使っていた五センチの屈折より四倍も明るいのだ。星々がどんなふうに見えるか、考えただけでドキドキした。

「でも、高価なモノをもらっちゃだめだって、母さんに言われてて……」

「なら、貸したげるよ。別に返すのはいつだっていいんだから。そのかわり、また子供たちに星を見せたげて」

それでも母さんがダメって言うかもしれない……、そう言おうと思ったら、もう山田さんは後ろを向いていた。

「山田さん」

呼びかけると、くるりと振り向く。

「あのさー、ハカセ君」

目がすごく真剣で、きりっと涼しげで、博士はどぎまぎしてしまった。なんていうか、山田さんは笑っていなくたって普段通りのままでめちゃくちゃきれいだと思った。

「マキちゃんのことだけどさあ、もうちょっと大事にしてやってほしいんよね」

何を言っているのかわからず、目をパチパチさせてしまう。

「マキちゃんは、ハカセ君のこと好きらしいんよ。あたしとハカセ君が変に仲良くなったと思っていて、妬《や》いてたみたい。さっぱりした良い子だから、自分だけで抱え込んでたんだねぇ」

これだけはっきり言われても、しばらく言われていることが分からず、やっと分かってきた時には信じられない気持ちでいっぱいになった。夏休み前、一緒にＵＦＯをめぐる冒険をして、その時に手をつないだことを思い出した。でも、それはもうずっと前のことに思えたし、ここのところ博士は山田さんのことが気になっていたから、あまり現実感がなかった。

でも、言葉には力がある。山田さんに言われたとたんに、ふいにマキちゃんのことが心の中で大きくなってきた。なぜか山田さんと二人きりの時に感じたあの甘い感覚さえ不用意によみがえってきた。

「じゃ、あたしは行くから」

　山田さんは少し先に停《と》めてあった自転車に飛び乗った。そして、一度だけ振り向き、何か言いたげに口を動かしたけれど、結局は何も言わずに行ってしまった。

　そういえば、きょうは山田さんは、あだー、とも、うだー、とも言わなかったと気づいた。


　月曜の朝、マキちゃんの顔を見ると、もう心臓が飛び出そうなくらいドキドキして、マキちゃんの整った顔立ちやリスみたいに大きく白い前歯が、今まで以上にかわいらしく見えてきて、かといってどうすればいいのかよく分からず、博士は結局自分の席から動かないで始業を待った。

　隣の席の山田さんは登校してこなかった。病気なんだろうかと心配になったけど、頭の中はマキちゃんでいっぱいだったから、それほど気にならなかった。

「報告があるー」と柿崎先生が言った。「山田由紀さんが、急に引っ越すことになった。金曜日に決まって、日曜日には引っ越されたそうだ。だから、お別れも言うことができなかった。先生は電話で話したが、くれぐれもよろしくということだった。なにしろお父さんが海外の研究所で働くことになったということで、すぐに出発することになったから、山田さんはしばらくお母さんの実家に行くことになったんだ。知らなかったかもしれないが、山田さんのお母さんはもう亡くなっていて……」

途中から頭がぼうっとしてしまった。お母さんがいないこととか、博士が知らなかった大切なことを聞きながらも、頭に入ってこなかった。

望遠鏡、返せないなあ、とぼんやり思った。

放課後に、マキちゃんに呼び出された。

通学路の途中にある公園のベンチ。枯れ葉がうずたかくつもっていて、さらさらという音の中で、博士は先に来ていたマキちゃんの隣に座った。やはり意識してしまい、例によって恥ずかしいくらい下半身が甘く熱くなった。もうぼくは女の子の前では、ずっと恥ずかしいままなんじゃないだろうかって思うくらいだった。

「はい、これ」とサバサバした口調でマキちゃんが封筒を手渡した。ピンク色でサンリオのキャラクターがついていて、封はされていなかった。中にはカードが一枚。鼓動がさらに高まった。

「これ、ユキノンからもらったの。住所が書いてあるから持っててね。わたしはもう控えたからいいの。本当はユキノン、大窪君に渡したかったんだと思うから」

またも意味が分からず、目をパチパチしてしまう。

「だから――」マキちゃんが珍しく少しだけ声を荒らげた。「手紙を出してあげてほしいのよ。ユキノンって転校ばかりで、居着く場所がなくて淋しいの。わたしも書くけど、大窪君も書いて。ユキノンは大窪君のこと好きだったんだから」

なんて言っていいのか混乱してしまって、博士は無言で封筒を受け取った。

女の子って本当に分からないと思い、ただ心臓の高鳴りだけが続いていた。

Ⅶ　王子様が還り、自由の旗を掲げる

1

冬休みも終わると時間が早回しになって、空の雲さえ台風の時みたいに猛スピードで飛び去っていくように思えた。小学校の六年間がもうすぐ終わる。本当にあと何十回か学校に来れば、校門をくぐることはなくなるのだ。

三年生の時に越してきたから、ここに通ったのはほぼ四年間だけれど、博士にはそれが無限のように長く感じられてきた。時にはひどく居心地が悪く、早く解き放たれて自由になりたいと願っていた。

そのくせいざ卒業が近づいてくると、名残惜しくなった。驚いたことに、博士の中にはまだ「無限」にしがみつきたい気分があって、前に進むのを嫌がっているのだ。

クラスの雰囲気は、浮ついていた。柿崎先生は授業もだんだん少なくして、卒業に向けた計画に取り組むように促した。卒業文集やアルバムの編集や、記念に校庭に建てるトーテムポール作りなど、だ。

博士は「謝恩文化祭」の実行委員になった。理由は二つあって、ひとつはマキちゃんが実行委員長だったから。「大窪君も手伝ってくれないかなあ」と言われたら、断れない。

それともうひとつは、この仕事がとても大変そうだったからだ。

去年まではただの「謝恩会」だったけど、今年から「謝恩文化祭」になった。謝恩会はせいぜい保護者が参加するくらいなのに、謝恩文化祭には「地域の人たち」や、学外の友達も来る。ということは、身内じゃなくても楽しめる出し物を考えねばならず、今年が最初だからどんなことをやればいいのかよく分からない。だから、すごく大ごとなのだ。

早回しの時間の中で、博士はふと気がついたらもう卒業式だったというふうになるのが嫌だった。本当にこのまま卒業していいのか不安だったし、できるだけ多くのことをして、最後の日々をしっかり終えたかった。大ごとなのはむしろ歓迎だった。

委員会で話し合いを始めると、本当にすごく大変なことが分かった。出し物はなかなか決まらず、みんなが帰った放課後に毎日のように会議を開いた。

委員には、サンペイ君も入っていた。博士がさそったからだ。卒業前の最後のイベントを一緒にやりたかったし、実はサンペイ君に頼んで実現したい計画があった。

その日も、ほかに人気《ひとけ》のない教室で、委員たちは窓側に机を寄せて話し合っていた。

「都川の歴史展のほかに、良い考えはありませんか」とマキちゃんは言った。

「歴史展」は博士が出したアイデアで、今のところほかの委員は対抗馬を出せずにいる。「なんか地味だなあ」と言われるし、自分でもそう思う。でも、ほかの人たちに考えがないから、こんなのが今も生き残っている。

「中田君のおうちは大丈夫なのかしら」とマキちゃんが聞くと、サンペイ君はにやにや笑いを浮かべた。

「歴史展」は、サンペイ君の家の協力がなければできない。庄屋だった中田家の蔵には、江戸《えど》時代の頃《ころ》からの色々なものが詰まっていて、それらをちゃんと調べて展示したかった。

「ところでさあ、なんで都川なのさ」と別の委員が言った。

「このあたりは都川のまわりから町ができたところだから。ただそれだけ」博士は即座に答えた。

今だってこの界隈《かいわい》は、川沿いの農地と、支流沿いの町で一かたまりになっている。博士には当たり前のことだ。

「中田君のところはどうなんですか」とマキちゃんが繰り返した。

サンペイ君はまたも笑うばかりで、どうも変な様子だ。そもそも普段は、むっつりしていることの方が多いのだ。

マキちゃんが呆《あき》れたみたいな、でも、強い声で言った。

「中田君の考えを教えてください。中田君がどうしたいのか分からないと、できるかどうかも分かりません」

サンペイ君のにやにや笑いは続く。

「じゃあ、せめてそんなふうに笑うのはやめてください」

隣に座っていた博士は、肘《ひじ》でサンペイ君の脇腹《わきばら》を小突いた。サンペイ君はにやりと歯をこぼし、博士を見た。

「もうすぐなのだよ、帰ってくるのだよ」

「え？」

「もうすぐなのだ。明日なのだよ」

博士は少し腹を立てた。でも、心の中に引っかかるものがあった。帰ってくるって、誰《だれ》が？

「ほかに良い企画はありませんか」とマキちゃんが言い、話題は別のところへと移った。でも、その疑問は博士の心の中でふわふわ浮かんで、ずっと上澄みの方に引っ掛かっていた。

翌日の午後、授業を潰《つぶ》して行う「卒業活動」の時間中、校庭から大きな音が聞こえてきた。

その瞬間、鳥肌が立った。

そうか、帰ってきたって……。これまで頭の中でバラバラだったものがひとつに繋《つな》がり、目の前にかかっていた霧が一気に晴れた。

座っていたサンペイ君と博士は、ほとんど同時に窓に駆け寄った。

校門から白っぽいバイクが、無意味に大きな音をたてながら入ってくるのが見えた。

古い記憶が一気にあふれ出した。小学校三年生の時のことだ。博士が転校したばかりの学校になじめず、困っていた時に助けてくれた「王子様」。

隣でサンペイ君が跳びはねた。文字通り、女の子がやるみたいにぴょんぴょん跳びはねた。

「帰ってきた。おじさんが帰ってきたのだ」

博士はそのことを、オートバイの音を聞いた瞬間に予感していた。

今、サンペイ君が自分の口で、それが正しいと言っている。

背筋がしびれた。しびれは体中に広がって、なにがなんだか分からなくなった。

博士はもうずっと前、この土地に引っ越してきた直後からサンペイ君の叔父さんのことを知っていたのだ。なのに気づかずにきょうまできた。空と地面がひっくり返って川の水があふれ出したみたいな衝撃で、言葉も出なかった。

白っぽいバイクは、いつかと同じように校庭の中央へ堂々と走ってきた。やはりサッカーのセンターサークルで停《と》まり、そこからは歩いて校舎の方へ向かってくる。

博士はきびすを返して、教室を出た。少し先をサンペイ君が走っていた。

一階についた時、ちょうどブーツを脱いだところだった。軽く手を挙げて、サンペイ君と博士を交互に見た。そして、サンペイ君に話しかけた。

「よ、ただいま。大きくなったな。ちょっと校長先生に話があるのだよ」

白い歯をこぼして、大股《おおまた》で歩み去った。

それが、王子様の帰還、だった。

2

放課後、王子様はわざわざ教室までやってきた。背が高く細い体を折り曲げるようにして入ってくると、みんな、動きを止めて注目した。

教室に残っていたのは、謝恩文化祭実行委員たちだけだった。王子様は先生の椅子《いす》を引っ張ってきて、実行委員会が机を寄せているあたりにでんと座った。

「謝恩文化祭というのをやるんだって？　実に面白そうではないか。今の校長先生は、ぼくの小学校の時の担任でね。帰国の挨拶《あいさつ》に行ったら、ふたつほど言い渡された。ひとつは、バイクは駐車スペースに停めろということで、もうひとつは、暇だったら謝恩文化祭を手伝え、ということだった」

当たり前だけど、みんな唖然《あぜん》としていた。とにかく突然のことだったし、王子様の見た目も相当ひどかった。ぼろぼろのジーパンと薄汚れた白の革ジャケットを身につけて、無精髭《ぶしょうひげ》は伸び放題。目がきらきらしているのに気づかなければ、博士だって「汚い」と思ったかもしれなかった。

「そこで、実行委員会のきみたちのことを見に来たわけだ。地域の代表として、ぼくも謝恩文化祭に特別参加させてもらいたいのだよ。ぼくはこれから地域と世界をつなぐ仕事をしたい。そのきっかけとして、地元小学校の文化祭というのは良い考えではないか」

しーんと沈黙。みんなが王子様に注目しているのに、誰も話さなかった。

「ぼくの叔父さんなのだ」サンペイ君がおずおずと言った。「けさアメリカから帰ってきたばっかりで、ぼくに会いに来てくれたのだ」

「その通り、ぼくはけさ三年ぶりに帰国した。半日もたたずにここにいて、きみたちと話している。運命的だと思わないかね。やるべき仕事とは、こういうふうに運命的に決まるものだ」

言い回しがサンペイ君とそっくりで、マキちゃんたち委員会のメンバーは思わず笑った。

それをきっかけに、会話が流れ出す。マキちゃんに促されて、博士は自分の考えを述べた。言葉がすらすらと出てきて、自分が考えていることをしっかり言えた。王子様は相づちを打つのがうまくて、とても話しやすい。

「都川の歴史展……いいじゃないか、ぜひやりたまえ。ぼくから姉に頼んでおくから、問題ないのだ」

「じゃあ、もっといいタイトルがほしいなあ。ただの『歴史展』ではなくて。見出しは大事だって、いつも父さんが言ってる」

間髪をいれずに言ったマキちゃんは、さすが新聞記者の娘だ。

「その通り、タイトルは大事なのだよ」

「都川だよ、全員集合！」と誰かが言った。

「都川ばんざい！」

「おいでやす、都川」

冗談半分だけど、次々にアイデアが出てくるのは楽しい。

王子様は、しばらくその様子を見てから、立ち上がった。

「ぼくは職員室に行ってくる。担任の先生にも話したいことがある。きみたちは自由に議論するとよい。自由、というのが一番大事なのだよ」

王子様が立ち去る時、背後にふわりと風が起きた。博士にはそれが自由の風だと思えた。それは三年生の時に、バイクの後部座席で感じたのと同じものだった。

「都川釣り人天国」

サンペイ君が、ぼそりと言った。

博士はドキッとして、サンペイ君を見た。

高揚した気持ちがすーっと落ち着いて、さっき途切れた会話が戻ってきた。

「でも、それは、歴史展とはまた別の企画よね」とマキちゃん。

「国ってのは、いいよね」と博士。「自分たちの場所ってかんじがして」

サンペイ君の発言を一部でも肯定してあげなきゃならないと博士は思ったのだ。

「じゃあ、都川共和国は？」マキちゃんがすぐに言った。「共和国って、王様とか生まれつき偉い人がいるわけじゃなく、わたしたちみんなが主役の国だって、父さんが言ってた」

「へえ、自由って意味が入っているんだね」

「歴史だけじゃなくて、いろんなことを展示してもいいんじゃない」

「おれたちの共和国かあ、いいなあ、それ」

口々に言って、なんとなく「きまり」な雰囲気になって、委員会は話し合いを終えた。

重たい扉を開けて、蔵の中を覗《のぞ》いた時、マキちゃんは、悲鳴を上げた。目の前にいきなり蜘蛛《くも》の巣が張っていたからだ。でも、すぐに興奮して、うわーっとか、すごいっとか歓声に変わった。

3

王子様が帰った最初の週末、博士はマキちゃんと一緒に中田家を訪ねた。博士自身、蔵に入ると毎回興奮してしまうから、はじめてのマキちゃんが歓声をあげるのはよく分かった。三十分くらいかけてゆっくり点検し、ぜひ展示したいもののリストを作った。

まずは江戸時代に使われていた農具とか、御触書《おふれがき》とか、このあたりの人たちの昔の暮らしにかんするもの。研究者が調査した時、あの有名な「慶安《けいあん》の御触書」も見つかって、今は県立博物館に収めてあるそうだ。蔵に残っているものは字が薄れたものばかりだったけれど、それでも雰囲気はあった。また大きな機織《はたお》り機、織物を上納した記録、蚕を飼っていた時に使っていた糸巻き機や、黒っぽく変色した糸、水車の歯車などもリストに入れた。

きわめつきは縄文時代の人骨。稲作が始まる前にどんな人たちがどんな暮らしをしていたのか。その頃には海水面が今よりもかなり高くて、このあたりは海辺だったらしく、あちこちに貝塚がある。貝塚に行って、貝殻をとってきて、一緒に展示すればいいと思った。

蔵の一番奥まで行った時、マキちゃんが息を呑《の》んだ。金色に輝くドラキュラのベッド！　いつか王子様が買い付けてきたやつだ。都川とはなんにも関係ないのに、これも展示したくなった。別の区画にまとめて置いてあるモデルロケットやラジコンだって同じだ。

蔵の中を見終えて外に出ると、まぶしいくらいの青空だった。わずかに出ている雲もどっしり空の中に落ち着いて、時間の流れがゆったりしていた。

王子様が寄ってきて、「どうだったかね」と聞いた。

「すごかったです！」博士が答える前に、マキちゃんが元気よく言った。

マキちゃんは王子様を見るなり、顔を赤く染めている。去年、帰国子女の山田さんに夢中になったことでも分かるのだけれど、「外国帰り」に弱いのだ。

「中田清治郎っていうんだ。みんなセイジって呼ぶけどね。あらためてよろしくなのだ」

差し出された大きな手が、まずはマキちゃん、次に博士の手を包み込んだ。男にしては華奢《きゃしゃ》で繊細な手だった。

「セイジさんって呼んでいいですか」とマキちゃんがいい、「うん、いいよ。そう呼んでほしいのだ」と彼が答えた。

その瞬間に博士の中でも変化が起こった、王子様、というより、セイジさん、といったほうがずっと、目の前にいる人に近い気がしたから。

「セイジって、賢者のことですよね」

彼は、口をほうっというかんじに丸めた。

「よく知ってるね。そうか、きみがハカセ君なのだな。トシヤが手紙に書いていたのだよ」

トシヤというのは、サンペイ君の本当の名前だ。サンペイ君が自分のことを手紙に書いていたなんて、恥ずかしいような、嬉《うれ》しいような。

でも、これで逆にはっきりした。王子様は、博士のことを覚えていない。三年以上前に一度会ったことがあるだけだし、仕方ない。だから、博士も王子様のことを王子様と思うのはやめて、セイジさんと呼んだ方がいいのだ。

「ハカセ君は、勉強家なんだな、英語、勉強しているのかな」

「いえ、最近、読んだ本で、魔法使いの大賢者が『セイジ』って呼ばれてたんです」

「ぼくは賢者ではない。そもそも賢者なら自分を賢者だとは言わないものだよ。ぼくはインドにもかなり長くいたのだ。本物の賢者をこの目で見てきたからね」

実は自分は賢者だと言っているのか、やはり違うのだと言っているのかよく分からなかった。でも、どっちでもよかった。それを言うセイジさんの目はやはりきらきら輝いていて、「特別」なかんじがしたから。

「そうだ、例のタイトル、都川共和国にするそうだね。あれはイタダキだ」

イタダキと言う時に、セイジさんは指を鳴らした。博士はびっくりして目をしばたたいた。

「都川共和国、都川リパブリック——いいかんじではないかね。歴史の展示だけじゃなくて、総合タイトルにしたらいい。ぼくの出し物も同じテーマで出せるのだよ」

「セイジさんは、なにをするんですか」

「フォーク・ジャンボリー」

博士の頭の中で、音楽の時間に習った「ジャンボリー」の歌が鳴り響いた。「アハハハハッ」って笑ってばかりのやつ。

博士もマキちゃんも、きっと狐《きつね》につままれたみたいな顔をしていたにちがいない。

「一九六九年、きみたちは何をしていた？」

「覚えていないです」

「ぼくはその年に大学をやめた。アポロが月に行って、アメリカではウッドストックの野外ライヴがあり、日本では大きなフォーク・ジャンボリーが開かれた。ぼくは友人の雑貨店の買い付けを兼ねて海外を放浪していて、たまたまウッドストックに出かけた。

あれは本当によかった。若者たちの共和国《リパブリック》があそこにあったのだ。しかし、同じ年の日本のフォーク・ジャンボリーは逃してしまった。それが悔しいのだよ」

「歌をうたうんですか」

「そう、みんなで歌うのだ。それがフォーク・ジャンボリー。これからぼくがここで立ち上げる地域作りの仕事の第一歩になるのだ」

なんだか分からないけど、すごいと思った。


一月後半から二月にかけて、風のない穏やかな陽気が続いた。博士はなんどもセイジさんのところを訪ねた。週末ごとに入り浸っていたと言ってもいい。たいていはマキちゃんも一緒だった。

中田家の裏庭はそのまま畑につながっているのだけれど、端の方に行くと都川が見渡せた。セイジさんは、よくそこで両手を広げて、「これがぼくらの都川リパブリックだ。ここにぼくは、日本のコミューンを打ち立てたいんだ」と嬉しそうな口調で言った。

コミューンというのは、セイジさんからはじめて教えてもらった言葉だ。

「アメリカには若者たちが集まって自給自足の生活をしている小さな町がたくさんある。それがコミューンだ。我々は物質文明に毒されている。このままじゃ地球を食いつぶしてしまう。だから、できるだけ生活を単純にして、地球と共存していかなければならない。基本となるのは農業だ。ぼくたちは地元の農家を中心としたコミューンを作りたいのだ」

話を聞いていると、授業で習った宮沢賢治《みやざわけんじ》みたいだと思った。

ある時、博士は思い切って聞いてみた。

「セイジさんは、釣りのプロなんじゃなかったんですか」

それがサンペイ君から聞いていた「叔父さん」のイメージだったから。

「そう、ぼくはバスプロだった。腕を上げて賞金を稼げるようになると、コミューンに寄付することにした。ぼくが一番長くいた所はカリフォルニアや、フロリダなのだ。バス釣りの聖地だからね。いいかい、釣りというのも狩猟採集文化の名残であり、自給自足の生活には必要だ。ぼくは近々、都川で増えすぎているコイを釣ろうと思っているる」

そうか、釣りさえもセイジさんの計画の一部なのだ。博士は思わず「コイ、一緒に釣ってみたいです」と言っていた。

「わかった、春休みに一緒に釣ろう」

「いいなあ……」とマキちゃんが呟《つぶや》いた。「男子はそういう遊び、一緒にできていいなあ。うち、服を汚したら怒られるもん」

「きみも自由なのだよ。一緒に来たかったらいつでも歓迎するのだ」

こんな時、マキちゃんは何も言わずに小首をかしげるのだけれど、博士はいつになく女の子っぽい仕草に思えてドキドキさせられた。

中田家の畑と都川の間に、小さなビニールハウスがある。二月の最初の週末、セイジさんはその中に博士とマキちゃんを導いた。

「ここはぼくの実験室なのだな」と言う。「いろいろなものを栽培してみるのだ。当面は持ち帰った種が根付くか確かめたい」

中ではストーブが焚《た》かれ、暑いくらいだった。おかげでいろんな植物がすくすくと育っていた。

「これを見てごらん」とセイジさんが指さしたのは、博士のくるぶしほどの高さの草だった。細長くギザギザのある葉が五枚くらいずつまとまって、極端に指の長い人間の手みたいだった。

博士はその草をテレビか何かで見たことがあると思った。でも、思い出せなかった。

「帰国した日に植えたのが、もうこうなった。こいつは、人類を助けてくれる植物だ」

「そんなに凄《すご》いんですか」

「秘密にしておいてくれるかい。いつかみんなを驚かしてやりたいのだよ」

セイジさんはウインクして、博士もマキちゃんも思わずうなずいた。

「古来から人類に活用されてきたものなのに、今では忘れられている。種は食料になるし、茎からは紙や服ができる。さらに石油みたいな燃料にもなれば、薬を作ることもできる。おまけに気候を選ばない。北海道から沖縄までどこででも栽培できる。いいことばかりの草《グラース》なのだ」

へえっと思った。セイジさんはすごいものを持ち帰ってきたんだ。モデルロケットとか、ドラキュラのベッドなんか目じゃないかもしれない。

「アメリカで見つけてきたんですか」博士は聞いた。

「いや、インドでもらったんだよ」

「インドってどんなとこでした」マキちゃんが目を輝かせて割り込んできた。外国ならどこでも興味があるみたいだ。

「インドはすごい国だ。とにかく人が多いのだ。そして、牛だらけだ。ガンジスの水はこっきたない。沐浴《もくよく》したら、傷口から雑菌が入って一週間、寝込んだのだよ」

マキちゃんの顔が曇った。マキちゃんが夢見る外国はそういうところじゃない。

「だが、そんな土地だからこそ、賢者も生まれるのだろう。ぼくは賢者のコミューンを見つけ、三ヶ月間暮らした。賢者は、我々は生まれた土地に立ち返らなければならないと言った。そして、ぼくは賢者の教えを実践するために帰ってきたのだよ」

「修行、したんですか……」

博士は息を詰めて聞いた。だってインドで三ヶ月、といったら当然そういう連想をする。

「したよ」といって、素早いウインク。「それは、なんにもしない修行なんだ。まる一週間、コミューンの中にいて、普通に食事をして、普通に眠って、仕事はせず、人とは喋《しゃべ》らず、日記や手紙も書かず、複雑なことを考えず、つまり、なんにもしないんだよ。それがなかなか大変な修行なのだな」

博士は正直、なんだ、と思った。修行といったら座禅を組んで滝に打たれるみたいなことを想像したのに。一方、マキちゃんはこの話は気に入ったみたいで、しきりと相づちを打っていた。

セイジさんと語り合うのは楽しく、本当に充実した日々だった。ただひとつ不思議だったのは、博士たちが来ても、めったにサンペイ君に会わないことだった。釣りに出かけているのだと思ったけれど、それにしてもこの寒い時期にいつもというのは変だった。ビニールハウスを見せてもらった日、珍しくサンペイ君と会った。

釣《つ》り竿《ざお》を肩に掛けていてやはり川に行っていたのだ。手に持ったバケツにはかなりの大きさのコイがいた。サンペイ君はセイジさんの考えを聞いてコイを釣ってきたのだと思った。

「おかえり！ でっかいの釣ったんだね」と博士は呼びかけた。

サンペイ君は顔をあげて、博士を見た。

「春休みには三人で一緒に行こう。ぼくもコイを釣りたいよ」

サンペイ君はかすかにうなずいた。でもすぐに視線をするりとそらし、行ってしまった。

肩にトンッと大きな手が置かれた。

「彼は今、闘っているのだよ。誰もが避けて通ることができない成長のための闘いなのだ」

ますます訳が分からず、博士はセイジさんの横顔を見た。そして、どきっとした。セイジさんの目は光の加減で周りが落ちくぼんでいた。普段は新任の先生みたいに若々しいのに、今は本当の年齢よりもずっと歳《とし》をとってみえた。お爺《じい》さんと言ってもよかったほどだ。

セイジさんがこっちを向くと光が変わって、顔は元通りになった。

「ぼくもかつて通った。そして、きみはどうなんだい、ハカセ君。きみの胸に開いている穴はふさがったのかい。もう自分の居場所を見つけたのかい」

心臓が爆発しそうに高鳴った。

目がかすんで、少し前を歩いているマキちゃんの背中が見えなくなった。

4

「ヒッピーに近づくのはやめとき」と母さんは言う。二月なかば、日曜日の朝のことだ。

この時、すでに博士はヒッピーという言葉を知っていた。

「ヒッピーって、アメリカの若い人たちで、汚い格好をして、仕事も普通にはしないで、コミューンに住んだりして、自由に生きてる……セイジさんはヒッピーだと思う」とマキちゃんが言っていたからだ。

「なぜヒッピーはだめなの」

「とにかくヒッピーはあかん」

「だから、なぜ」

「あかんから、あかん」

博士は困惑した。理由なんてなくて、とにかくダメなのだ。

「ばからし。母さんの方がおかしいよ」

博士はそそくさと準備を整えて、家を飛び出した。

セイジさんのところへ行くつもりだった。サンペイ君のところではなくて、セイジさんのところ。場所は同じなのに、頭の中では違う名前で呼ばれるようになっている。ごく短い間に、セイジさんはすごく近いところに入り込んできた。

自転車をこぎはじめると、ごく自然とセイジさんがこの前言った言葉が浮かんできた。

「胸の穴はふさがったのかい」

セイジさんは、ずっと前のことをちゃんと覚えていて、博士に問いかけてくれたのだ。あの頃、博士の胸には穴が開いていた。いつもその存在を感じていて、目を閉じて胸に触れれば本当にスカスカのように思えた。穴が疼《うず》くたびに「ここはおまえの居場所ではない」と耳元で囁《ささや》く声が聞こえた。

たしかに最近では、博士はそんな声を聞くことはなくなった。胸に開いた穴のことだって普段は忘れていられた。

「穴がふさがることって、成長するってことなんでしょうか」

博士はあの時、セイジさん（というよりも、この場合、やはり王子様）に聞いてみた。

王子様は、さあどうだろう、というふうに首をかしげた。

「自由になることだ。自分の頭で考え、信じる通りに行動することだ。そうすれば、きみがいる場所が、そのままきみの居場所になるのだよ。ぼくがいない間に、ハカセ君はどんなふうにこの場所を生きてきたのかね。ぼくの目には、きみはあの時とはもう違って見える」

その時はうなずいた博士だったけれど、王子様が何を言いたかったのかつかみ切れなかった。

自由になること。それってどういうことだろう。あれから考え続けている。

ふと、このままセイジさんのところに行ってはだめだと思った。会ってあの続きを話したとしても、自分の頭で考えなきゃ意味がない。分からないからといって、また聞きに行くなんて安直すぎるんじゃないだろうか。

博士は道をそれて、川沿いに出た。鈍く光る川面《かわも》を感じながら、ゆるゆると考えを巡らせる。

穴は埋まったのだろうか。ぼくが自分で埋めたのだろうか……。

しばらくすると、このところ久しく感じていなかった胸の穴の感覚がよみがえってきた。

以前のような鋭い痛みはない。でも、輪郭をくっきりと感じることはできる。薄皮が張ったまま、そいつはいつもそこにあるのだ。

ぼくはここにいるべき人間じゃない。囁き声が聞こえた。

小学校を卒業し、中学校を出たら、高校から先はもう遠く離れて、大学に入ればもう戻ってくることもない。居場所がなければ、次の場所を探せばいいんだ。

本当にそうなんだろうか。

博士はこのまま小学校が終わりになることに不安を感じている。新しい生活がうまくいくか心配というのもあったけど、それ以上にこのまま終わることが心配なのだ。

やがて、川沿いの釣り堀が見えてきた。ここはもう何年も干上がったままで、その隣に建っている家も荒れ放題だ。

いつか、ここに佇《たたず》んでいた老婆と大型犬のことが思い浮かんだ。

老婆はオニバで、大型犬はルークだった。のちに親しくなって、裏山の「オオカミ山」で一緒の時間を過ごしたことがある。

オニバが死んだ時、博士は別に悲しいというわけでもなかった。ただ、ショックだっただけだ。でも、あの後、山に近づくたびにオニバのことを考えた。クワガタを捕まえて大喜びしている低学年の子を見ると、オニバが今も生きているようで不思議な感じがした。同時に、生きることと死ぬことの区別がつかないふわふわした感覚があって怖くもあった。

ふいに目が熱くなった。目尻《めじり》がじんわり濡《ぬ》れて、視界が歪《ゆが》んだ。

オオカミ山でオニバとルークが相次いで死んだ時、自分の中の何かも一緒に死んでしまったんじゃないか、と思った。あの時の博士と妹の美絵子は、オニバと一緒に死んでしまってもう戻らない。絶対に取り戻すことはできないのだ。

だんだん体が熱くなってきた。

いてもたってもいられずに自転車のペダルに足をかけた。

風を切って走ると、胸に感じている穴の縁《ふち》までが痛いほど熱くなった。

全速力でサンペイ君のところへ。セイジさんじゃなくて、サンペイ君だ。だから家には寄らずに、直接、川に向かった。

はたして、サンペイ君はいた。麦わら帽と丸まった背中で分かった。ムーミンに出てくるスナフキンみたいだった。淋《さび》しそうだったけど、それが嫌ってわけでもなさそうだった。

「サンペイ君！」と大声を出すと、ゆっくりと振り向いた。

「やっぱり、釣り人天国、やろうよ。写真を展示したり、水槽のタナゴやギンブナを持っていってミニ水族館をつくるのはどう？」

言い切ってしまうと、どんな返事が戻ってくるのか、博士は少し緊張して待った。

「いいよ」サンペイ君は表情を変えずに言った。

「やったー」博士はその場で跳びはねた。

だって本当にうれしかったから。

「セイジさんに言われたんだよ。自分がここで何をしてきたのか考えてみろって。そうしたら、サンペイ君とした釣りだとか、いろんなことを思い出しちゃって……」

「ハカセ君はしあわせなのだな」

「どうして？」

「きみには居場所があるのだ」

博士は息を吞んだ。

居場所がないと感じてきたのに……。

「サンペイ君には居場所がないの」

「今、さがしているところなのだ。いや、このしゃべり方はやめたんだった。今さがしてるんだ」

博士ははっとして口をつぐんだ。サンペイ君の話し方はすごく独特だけど、それは叔父さんのセイジさんに似ている。つまり、サンペイ君は大好きな叔父さんの話し方を真似《まね》ていたんだ。

「同じ家に、うちの叔父さんみたいなのが二人いたら、困るだろう」

そして、サンペイ君はまた釣り糸の垂れた川面を向いた。

帰り道、畑にいるセイジさんを見かけた。セイジさんの隣には体の大きな同級生の福ちゃんがいて、なにやら熱心に話し込んでいた。

博士は大きな声で「こんにちはー」と叫び、そのまま通り過ぎた。

今はセイジさんと話さなくたっていい。自分の頭で考えたから、それでいいのだ。家に向かって走る。きっといい謝恩文化祭ができるし、ぼくはちゃんと小学校の最後を締めくくれる。そんな確信がふつふつと湧《わ》いてきた。

ちょうど中田家の区画が終わるあたりで、博士は急ブレーキをかけた。

電柱の陰から黒いコートの男が、出てきて道をふさいだのだ。

「やあ」と手を挙げる。にこやかだが、目が笑っていない。

博士は自転車にまたがったまま後ずさりした。男は痩《や》せているのにお腹《なか》だけがぷっくり大きな変な体型だった。歴史の資料でみた絵巻物の「餓鬼《がき》」みたいだと思った。

「大窪博士君、だね。きみは中田清治郎という人と仲が良いみたいだね」

博士は何も言わずに見返した。

「どうかな、何か彼は変わったことをしていない？　変なことを言ったりとか」

「セイジさんはいい人です、おじさんはなんなんですか」

「いや、それはね……」と口ごもる。「いろんな噂《うわさ》を聞くものだから、気になっていることがあって。なにしろ、あいつはヒッピーだからね。アメリカのヒッピーと一緒に暮らしていた本物のヒッピーだ」

これで分かった。この男がセイジさんがヒッピーだと言いふらしたのだ。それで噂になって、母さんが心配し始めたのだ。

「ヒッピーだから怪しいなんて、おかしいです。セイジさんはいい人です。自由な人です。これ以上、へんなこと噂にしないでください」

はっきりと言い放ち、博士は自転車で脇をすり抜けた。

5

噂は思ったよりも広がっていた。

学校に行くと、級友たちが「あの人、ヒッピーらしいよ」「近寄ると危ないべ」と噂していた。ヒッピーなんて言葉、知らなかったくせに、今では山から下りてきた野生の熊《くま》みたいに言うものだから、最初は腹立たしいより可笑《おか》しい方が勝っていたくらいだ。

でも、みんながあまりにしつこいので、昼休みにとうとうマキちゃんが怒った。

「なんにも知らないくせにごちゃごちゃ言わないで。セイジさんは怪しい人なんかじゃない。そうよね、大窪君！」

博士は声の強さにたじろいでしまって、「あ、うん」と力の入らない返事をした。

きっ、と強く博士を睨《にら》んだマキちゃんは、きれいだけど怖かった。

「セイジさんはすごいんだから、アメリカでいろいろ勉強してきたのよ」

「……インドで、修行だってしてきたんだ」

「ねえ、中田君もなんか言ったらどう。叔父さんが悪く言われてるのよ」

マキちゃんの怒りはサンペイ君に飛び火する。でも、サンペイ君は肩をすくめるばかりでこちらを見なかった。

「セイジさんは、違うべ」と博士の後ろから声が飛んだ。

みんなが、はっとして顔をあげた。

福ちゃんだったのだ。

「セイジさんはな、未来のことを考えてるべ。今、分からんやつがいても仕方ない。だが、悪口はおれがゆるさん」

ぴたりと教室が静かになった。すぐにざわめきが戻ってきたけれど、もうセイジさんのことを悪く言う人はいなくなった。

「おれは頭悪いし、将来、家を継ぐべ。嫌でも仕方ないもんな。でも、セイジさんと話してて、農家っていいなと初めて思った。前はセイジさんのこと悪く言ったこともあったけど、反省してるべ」

福ちゃんは照れ笑いを浮かべた。

「すごい、内山君、なんか格好良い……ねえ、大窪君もそう思わない？」

「……うん」

博士はまたもはっきりしない返事をした。

理由ははっきりと分かった。

自分でも驚いたことに、福ちゃんに嫉妬《しっと》しているのだ。

マキちゃんが福ちゃんを格好良いと言ったからではない。福ちゃんがセイジさんとすごく仲がよいと思ったからだ。

福ちゃんはこれからセイジさんと農業をしていくのだろうけど、ぼくはせいぜい一緒にコイを釣りにいくくらいだから。

サンペイ君がこっちを見ていた。

そして、気づいた。サンペイ君も、きっと同じ気持ちなのかもしれない、と。

この一件の後、クラスではセイジさんの悪口は出なくなった。でも、いくら福ちゃんが凄んでも、教室外のことはどうにもならない。

博士の母さんは、あいかわらず「ヒッピーには会うな」と言い続けていたし、謝恩文化祭に「ヒッピー」が出ることをよしとしないＰＴＡのお母さんたちが、校長先生に抗議したと後で知った。

セイジさんはしばらく学校にこなかった。でも、それは抗議のせいではなく、体調を崩していたからだ。心配になって訪ねてみると、げっそり痩せたセイジさんが分厚いセーターを二重に着込んで離れの縁側に腰掛けていた。顔には血の気がなく、頬《ほお》はそげ落ち、目はくぼんでいた。なにより、瞳《ひとみ》に光がなかった。いつか夕陽《ゆうひ》の中で見た、老けた顔のことを思い出した。あの時よりもっとひどくて、いまやセイジさんは死にかけたお爺さんみたいだった。

「だいじょうぶですか」と博士は話しかけた。

セイジさんは弱々しい目で博士を見ると、囁くような声で「もうすぐ」と言った。

「もうすぐ、戻るから」

「わかりました、待ってます」

「我々は、自由だから」

「わかってます。ぼくたちは自由です」

そこだけはセイジさんらしい言葉だったので、博士は少しだけ安心して家に帰った。

それと前後して、マキちゃんと福ちゃんと三人で校長先生に呼び出された。

「中田君の叔父さんである中田清治郎君のことですが、おかしなことを言ったり、変な行動を取ったりするのを見たことがありますか。あなたたちが、特に親しいと聞いていますので……」

校長先生の質問は、この前、博士が怪しい男から聞かれたのとほとんど同じだった。また、いつもハキハキ喋る校長先生が、この時はどことなく気弱な感じがした。

「ありません」と三人とも答えた。

校長先生はほっとしたように息をついて、「わたしも教え子を信じなければなりませんね」と呟いた。

校長先生は教え子であるセイジさんに謝恩文化祭を手伝ってもらいたいと気軽に頼んだわけだけど、それが今になって面倒なことになってきて、いろいろ悩んでいるみたいだった。

校長室を出た後、マキちゃんは「わたし、校長先生と教頭先生が言い争ってるのを見た」と言った。たぶんそれは、セイジさんのことが関係しているに決まっていて、学校でも、保護者の間でも、そのことが問題になっているのがひしひしと伝わってくるのだった。

もっとも、この件はその後一週間ほどたってから見事にひっくり返された。

「都川リパブリック宣言！」というセイジさんのインタヴュー記事が、地方紙が出しているコミュニティ誌に掲載されたのだ。マキちゃんが偶然見つけて、翌日、それを博士に貸してくれた。

記事の内容は、博士には難しいこともあった。でも、これまでにもセイジさんの口から聞いていたことだから理解できた。

「地域共同体」がこれから大事になっていくので、この土地で仕事をしている農家が中心になって、地元を盛り上げていきたい。幼稚園や小学校の子供たちとの交流会や、フォーク・ジャンボリーを開いたり、楽しい雰囲気が大事。ゆくゆくは、商店街と話し合って、地域通貨を実現したい。また地元にどんな自然が残っており、どんな植物やどんな動物がいるのかも、中学校の理科の先生と協力して、調べたい。最近では新興住宅街が出来、東京に通勤する人が多い町になったが、住民であることを誇りにできる町にしたい……。

最後のところに、「都川リパブリック」とは、「都川共和国」の意味で、親しい小学生たちが考えたと書いてあって、博士は素直にうれしくなった。

母さんは、「ふんっ、どうせヒッピーやろ」と言いつつも後で熱心に読んでいた。そして、それ以来「ヒッピーに会うな」とは言わなくなった。母さんはケンイに弱い。

マキちゃんは、校長先生にも同じ記事を渡し、それがPTAのお母さんたちにも伝わった。効果てきめんで、もうどこからもセイジさんを悪く言う声は上がらなかった。本当にあっけなかった。

「正義は勝つべ」と福ちゃんは胸を張った。

「そうね、正しい者は、しっかりと頑張れば、ヘンケンや誤解なんて吹き飛ばせるんだわ」マキちゃんも勝ち誇ったように言った。

博士はこれでもう大丈夫と断言できるほど自信はなかったけれど、とにかくインドで修行したのはダテじゃないなあ、なんて意味もなく思った。

博士が自信がなかったのには、ちゃんと理由があった。学校から帰る時、何度か校門の近くで黒っぽい人影を見たのだ。あたりはもう暗くなっていて、それがあの怪しい男なのかどうかは分からなかったけれど、とにかく嫌な気分になった。

三月になり、いよいよ謝恩文化祭まで二週間を切った。体調不良から立ち直ったセイジさんが、仲間たちをひきつれて下見のために校庭を訪れた。

クラスはもう、卒業準備一色で、授業はほとんどなかった。その時も、博士は「都川の歴史」の展示につける解説板の原稿を書いていた。二〇〇〇年前の海岸線はどうなっていて、貝塚はどこにあったか、とかだ。

ふいにクラスがどよめいて、博士は顔を上げた。十人以上の級友が窓に張り付いて外を見ていた。博士も行ってみると、校舎の下に白い大きなアメ車が停まっており、校庭に五、六人の若い男女がいるのが見えた。

「ヒッピーだべ」と嬉しそうなのは、福ちゃんだった。「ヒッピーは自由だべ」

校庭のヒッピーたちはみんな裾《すそ》が大きく広がったジーパンをはいていて、黄や赤や緑の鮮やかな上着を着ていた。頭にはバンダナを巻いている人が多く、一人だけ混じっている女の人はカラフルな布を体にぐるりと巻き付けていた。いつもの革ジャン姿のセイジさんがまともに見えたくらいだ。

頭の禿《は》げた教頭先生が、先導していろいろ説明していた。それがおかしくて、みんな大笑いした。教頭先生は生真面目《きまじめ》で、規則にもうるさい。あんな格好をした人たちを見たら、眉《まゆ》をぴくつかせて説教したくなっているに違いない。

下見はものの十五分ほどで終わった。車からギターを持ってきた人が、福ちゃんたちが作りかけているトーテムポールの前で演奏しようとして、教頭先生に押し止《とど》められた。そこでも教室は笑いに包まれた。

ほどなくセイジさんとヒッピーたちは白いアメ車に乗って去っていった。クラスのみんなは窓から離れたけれど、博士は留まった。博士の目にははっきりと見えたのだ。白い車と入れ違いに黒っぽい服の男が校庭に入ってきた。痩せているのにお腹だけ突きだした様子は見間違いようがなかった。

男はしっかりとした足取りで通路を歩き、校舎に近づいた。博士は教室を出て、急いで階段を下りた。先にサンペイ君が来ていた。階段の最後の段に立ち、顔だけを出してむこうをうかがっていた。

博士に気づいて「こっち」と手招く。二人とも足音を忍ばせて職員室の前を通り過ぎた。そして、校長室のドアの前で息をひそめた。

声が聞こえてきた。でも、内容までは分からなかった。

扉に耳をつけた時、隣の職員室の扉が開く音がした。博士はぴょんと跳ね上がり、走った。サンペイ君も一緒だった。下りてきたのとは別の階段を駆け上がり、教室に戻った。

そそくさと席についたサンペイ君に歩み寄り、「なにか聞こえた？」と聞いた。

サンペイ君は博士を見て弱々しくため息をつき、首を横に振った。

そして、今つくりかけの「都川の魚たち」というポスターに顔を近づけて一心不乱に続きを描き始めた。

そうだ、サンペイ君は、今、心の中で「闘って」いるのだった。

6

からりと晴れ渡った空は、まるで秋のように高かった。雲はあったけれど、微動だにしない鰯雲《いわしぐも》で、この日を祝福してくれているみたいに思えた。

博士は正門の前に立った時、誇らしくも楽しい気分になった。

正門の上にはアーチ状のパネルがとりつけられて、大きな文字で「第一回謝恩文化祭・都川共和国！」と書かれていた。

スタートは九時半からだけど、生徒は八時前に来ていろいろ準備をする。すでに四年生と五年生のグループが、校庭にいろいろなアトラクションを組み立てていた。「巨大パチンコ」「浮き輪投げ」「校内オリエンテーリング」「人間ボウリング」といったもので、外から来た子供たちだけじゃなく、交代で「店員」になってはお互いに楽しむ仕組みだ。

博士たちが企画した文化的な展示は、だいたいが校舎の中だった。

博士はいったん四階の教室に荷物を置くと、自分がかかわっている展示がある教室を順番にめぐっていった。

二階にはまず「写真で見る都川の歴史」の部屋がある。マキちゃんが郷土館や図書館や地元の郷土史家から借りてきたもので、明治時代に小さな農村だった頃から、戦後、急に町が出来て人口が膨《ふく》らむまでを写真で見ることが出来た。

この部屋には「わたしたちの六年間」という展示もあって、小学校に通った間に日本や世界でどんな事件があり、学校ではどんなことが起きたか書いてあった。

たとえば、三年生の時は、世界ではベトナム戦争が停戦し、オイルショックが起きた。日本では江崎玲於奈《えさきれおな》氏がノーベル賞を受賞し、巨人軍がV9を達成した。流行《はや》っていた歌は「神田川《かんだがわ》」「わたしの青い鳥」「心の旅」「てんとう虫のサンバ」などで、『日本沈没』や『ノストラダムスの大予言』の影響で、今にもこの世が終わるのではないかと怖かった。そして、「わたしたちの学校」では、五月に大窪博士君、七月に小林真紀さん、下田綾子《しもだあやこ》さん、十月に寺崎雅男《てらさきまさお》君、と全部で四人の転校生があり、クラスが賑《にぎ》やかになった……。全員、新興住宅街の子だった。

それを見ると、博士はやっぱりぼくはここにいたんだなあ、と誇らしい気分になった。

マキちゃんと微笑《ほほえ》みあい、隣の教室に向かった。

そこは「都川の自然〜ビバ！　釣り人天国」だった。サンペイ君は「都川水族館」の水槽に水を足しているところだった。水槽は五個あり、小さめの水槽の中には「タナゴ」「クチボソ」「ギンブナ」「水生昆虫」（オニヤンマのヤゴ、タイコウチ、ゲンゴロウ、ミズカマキリなど）が、一番大きな六十センチ水槽には少し体の大きな「ゲンゴロウブナ」がいた。その他、サンペイ君がこれまでにとった魚拓や、自分で描いた都川の水辺の生き物地図が掲示されていた。

一階上がって、ちょうど真上の教室。ここは博士たちが五年生の時に使っていたところだ。博士が自分で最初から最後まで企画し、担当した「都川の歴史」の展示。きのうのうちに、展示物を全部運び上げ、解説の模造紙も貼《は》り付けてある。照明さえともせば、もういつ人が来てもよい状態だった。

〈都川はぼくたちの町を流れています。同時に遠い世界につながっています〉と最初のところに大きな字で書いてあった。

こじつけかもしれないけれど、ここに展示してあるものは、そういうものなのだ。古い貝塚から取ってきた貝や、落花生の畑の片隅から出てきた土器の破片、そして、縄文時代の「闘い」で傷ついて死んだ人の骨。江戸時代の御触書や、農具。そんなものと一緒に、セイジさんが買い付けてきた金ぴかの「ドラキュラのベッド」や、モデルロケットが、歴史順に並んでいた。

先生は首をかしげていたけれど、博士はおかしくないと思っていた。だって、ドラキュラのベッドもモデルロケットも、都川に生まれた人が遠くに旅をして持ち帰ったのだから。

来てくれた人に配るプリントを準備したり、いっしょに展示の番をしてくれる級友や五年生たちと担当する時間の打ち合わせをするうちに、気がついたら九時半だった。まず校庭が騒がしくなった。やがて、校舎の中にも人が入ってきた。この小学校に通っている子の保護者や近所の人たちだ。

みんなドラキュラのベッドの前で立ち止まり解説を読み、モデルロケットの前では思わずそいつが飛んでいくはずの空と高い雲を見上げた。それと同時に、窓に貼り付けてある白いテープの矢印に気づいて、目を細めた。

窓の外、校庭の向こう側には、鈍い光を放つ都川が流れている。農村地帯から町中を経て、下流に至る様子がすっかり見渡せる。だから、博士はこの教室を選んだのだ。

指定された場所に立って外を見ると、窓の矢印がぴたりと都川の「名所・旧跡」にはまるようになっていた。配ったプリントの中にそれぞれの解説が書かれていた。「このあたりにはコイが多い」「ドラキュラのベッドはここ」「特に臭《くさ》い」「小さな古墳」「オオカミ山方面」などと些細《ささい》なことばかりで、でも、些細であるからこそ意味があるように思えた。

意外なことに、この「窓からの眺め」が一番好評だった。プリントと窓の外を引き比べては、にやにやしたり、うんうんと頷《うなず》く人が絶えなかった。

博士は自分が何かを成し遂げた感覚に包まれた。小学校の最後の最後になって、自分がここでしてきたことがけっこう素敵なことだったんだと思えた。

十一時すぎ、にわかに校庭が騒がしくなった。

人のざわめきではなく、はっきりとした音楽、だった。

来た。セイジさんたちだ。

音楽家たちが、花みたいにカラフルな服装で、ギターをかき鳴らし、歌をうたいながら行進してくる。その後に普通の格好の若い人たちが続いた。セイジさんの地元の友達だ。楽器を持っていない人は、大きなのぼりを揺らしながら歩いていた。「都川リパブリック楽団」「遠望楽観」といった文字が見えた。

窓から外を見ていた人たちは、最初ぎょっとしたみたいだった。でも、すぐに足で拍子を取り始めた。

「へえっ、懐かしいなあ」と言ったのは、セイジさんよりも少し年上くらいのおじさんで、昔のことをきっとよく知っているのだった。

のぼりに書かれている「遠望楽観」というのは、日本初のフォーク・ジャンボリーで使われた由緒正しい言葉だと聞いていた。

ちょうど交代の五年生二人組が来てくれたので、博士は急いで階段を下り校庭に出た。校庭の一角の予定の場所に、セイジさんたちはもう陣取っていた。博士は人をかき分けて前の方まで進んだ。

小さなステージの上にアンプなどの音響設備が組まれていて、すごく大きな音が出た。音で体が震えるのが気持ちいい。

最初に歌われるのは、この六年間のヒット曲メドレーだった。なにしろ謝恩文化祭は、卒業していく博士たちのものだったから。「あの素晴らしい愛をもう一度」「太陽がくれた季節」「てんとう虫のサンバ」「ふれあい」「『いちご白書』をもう一度」と続けた後で、最後は「およげ！たいやきくん」だ。みんな一緒になって歌った。

今度は一転して、「都川リパブリック」の歌になる。オリジナル曲で、セイジさんが歌詞を書いた。激しいロックのリズムで演奏した後は、今度は跳びはねる感じの「音頭調」にかわり、これだと本当に踊りたくなった。

ステージの上でもみんな踊っていた。セイジさんをはじめ、地元の農家の若い人たちもみんな、だ。歌を歌っているお姉さんが手招きをして、子供たちが何人かステージに上がった。

なんかすごく自由な感じがした。胸が熱くなった。

博士も一歩前に踏み出した時、右肩を叩《たた》かれた。そして、振り返る間もなく右手を引っ張られた。

マキちゃんだった。切羽詰まった顔でぐいぐい引っ張る。博士は人の足を踏みつけたりしながら走った。悪い予感がした。急がなきゃならなかった。

校門のところに福ちゃんや、何人かの級友の背中が見えた。謝恩文化祭の実行委員がほとんどだった。福ちゃんを中心に横一列になって腕を組んでいる。その向こう側に、黒っぽいコートを脱いで肩に掛けたダークスーツの男がいた。

息を切らせた博士に、「こいつだべ」と福ちゃんが言った。

「そう、その人だよ」

セイジさんのことを悪く言いふらしていた張本人だ。怪しい男が学校のまわりに出没していると、博士は福ちゃんやマキちゃんに話してあった。

「校門からずっと中を見てたべよ」

男はゆっくりとした動作でタバコを取り出して、安っぽいライターで火をつけた。変に格好つけて、煙を吐き出す。博士は思いきり男のことをにらみつけてやった。

タバコを吸い終わると、男は吸い殻を投げ捨てた。そして、胸ポケットから金色のマークがついた黒い手帳を取り出し、ボールペンで何か走り書きした。そのページをちぎって差し出した。

博士が手を伸ばすと誰かの手が横から伸びて、男の手から紙の切れ端をかっさらった。サンペイ君が立っていた。思い詰めたふうに唇を噛《か》み、目は充血していた。博士を見もせずに、すぐに校庭の方を向き、走った。

ちょうどその時、音楽が変わった。

「都川リパブリック・音頭調」の後は、なぜか特撮ヒーローの主題歌になった。インドで修行をしたという歌詞で、最後のところだけ「そーして、いくのだ、ナカタセイジロー」と替え歌になった。

男が姿を消したので、博士たちもサンペイ君の後を追ってフォーク・ジャンボリーのステージへと戻ることにした。

二番まで終わって間奏の途中で、演奏がふいに止《や》んだ。どよめきが広がったけれどそれはほんのわずかの間で、すぐに別の曲が始まった。たぶん、「リパブリック楽団」のオリジナルの曲だった。

人混《ひとご》みをかき分けて前に進むと、ステージの袖《そで》のところにサンペイ君が立っていた。セイジさんの姿がなかった。ステージの上にも、袖にもいなかった。

「セイジさんは？」

サンペイ君に歩み寄って聞いた。博士はセイジさんから、あのメモの内容を聞きたかった。

サンペイ君は充血した目で博士を見て、首を横に振った。唇を嚙んでいるのはさっきと一緒で、両方の鼻の穴から、みっともなく鼻水が垂れていた。

「行ってしまった」サンペイ君が言った。

さらに口を動かしたけど、音楽が急に大きくなって聴き取れなかった。

「どこへ行ってしまったの」と博士は耳元で大声を出した。

「紙を見せたんだ」とサンペイ君が叫び返した。

「なんて書いてあったの」

「全部は見なかった……」

「だから、なんだったの」博士は詰め寄った。

「……ジシュしなさい、だって」

「ジシュって……」

博士は言葉を口に出してみて、それが「自首」なのだと思った。

そして、はっとした。

さっき、男が持っていた手帳は警察手帳だったのではないか。あの金色のマークは刑事ドラマで見たことがある……。

でも、どうして？

セイジさんは、何か悪いことをしたのだろうか。信じられなかったし、信じたくなかった。博士は混乱して、しばらくの間、ぼーっとその場に立ちつくした。

フォーク・ジャンボリーの音楽は、また「都川リパブリック・ロック調」に戻っていた。

それが鳴りやんだ時、にわかに吹きだした風にのぼりがはためく音が耳に届いてきた。

7

卒業式の翌々日、博士は川沿いの道を三十分ほど自転車で走って、都川が最大の支流と合流するところまでやってきた。

先に来ていたサンペイ君が、竿を投げてよこした。長さ三メートルあまりの短めのやつで、どんな大物が来ても壊れない。そういう選択だった。道糸もかなり太く、針は博士がこれまで見たこともないくらい大きかった。練り餌《え》を掌《てのひら》で丸めて釣り針に仕込み、よどみのあたりに静かに放り込んだ。

「本物の大物しかかからないから。坊主も覚悟しているように」とサンペイ君が言って、あとは二人ともずっと無言だった。

博士とサンペイ君は、卒業式の日、コイ釣りに行く約束をした。

卒業証書の入った紙筒を脇に抱え正門を出たあたりで、どちらからともなく近づいた。

そして、「いつにする」と聞き合った。

隣では、何人かの女子が「さようならー」と大きな声で、校舎に向かって叫んでいた。

急にこみ上げてくるものがあったけれど、ただそれだけだった。

マキちゃんにぽんと肩を叩かれて視線を交わしてから、サンペイ君とコイ釣りの予定を話し合った。

翌日はサンペイ君は予定があると言ったので、翌々日が決行日になった。サンペイ君が知る限り、都川で一番大きなコイがいるところまで行って、一日中大物を狙《ねら》い続けることにした。

二人でコイ釣りをするのは五年生の時以来だった。あの頃はサンペイ君の家の近くで、大物を求めて遠出したりはしなかった。

博士とサンペイ君は、ただひたすら餌を練り、キャスティングし、竿を立て掛け、その隣で腰を下ろし、待った。アタリは全然なかったし、魚影もまったく見あたらなかった。

まったく釣れなくてもよかった。とにかく、これをしないで中学生になることは出来ないと思えたのだ。たぶんサンペイ君も一緒だ。

昼時になって、弁当を食べた。二人とも腹が減っていて、ガツガツ食べた。食べ終わって、魔法瓶のお茶を飲む段になって、朝の一言以来、はじめてサンペイ君が口を開いた。

「おじさん、とりあえず、元気だったよ」

サンペイ君は昨日、サンペイ君のお母さんと一緒に病院にセイジさんの様子を見にいったのだ。

セイジさんは、フォーク・ジャンボリーの時、刑事から自首を勧めるメモを手渡されて、その後すぐに警察署に出頭した。「きみは子供たちに慕われているようだ。子供たちに免じて、手荒なことはしたくない。今ならまだ自首できる」と書かれており、セイジさんは素直に従った。

容疑は、大麻の不法栽培。そのことを聞いたのはセイジさんが姿を消した翌日で、博士はすぐにあのビニールハウスに植えられていたギザギザした草のことを思い出した。

セイジさんは自首したくらいだから、容疑は事実だった。

でも、それだけじゃなかった。セイジさんは、アメリカのコミューンで流行っている新種の麻薬を日本に持ち込んでいて、それを毎日、使っていた。禁断症状が激しかったので、今は取り調べよりも先に治療を受けている。

サンペイ君と会った時は、状態が安定していて、「ごめんな、ごめんな」と何度も謝ったそうだ。「ごめんな。結局、やめられなかった。でもな、大麻は別だ。人類を救うんだ」と。

いつかセイジさんが体調を崩したのは、クスリをやめようとして禁断症状が出たからだ。そして、やめられずにまた使ってしまった。

「おじさん、大麻については最後まで闘うっていうんだ。母さんが怒っても、ごめん、ごめん、と言うばかりで……」

博士はそんなセイジさんのことを、見たくもなければ、聞きたくもなかった。

博士の母さんがセイジさんの逮捕を知った夜に言った言葉が、耳に響いた。

「ほらみてみい、ヒッピーってのはそういうもんや。なにが自由やて、笑わせる。いくら自由でも、麻薬にやられる自由なんかいらんわ」

博士は母さんの勝ち誇った様子が嫌だったし、言いたいことだってたくさんあった。でも、言い返せなかった。

セイジさんはたくさんの人を裏切った。サンペイ君や、博士や、福ちゃんや、マキちゃんや、校長先生や、地元の若い農家の人たちを。

それでも、博士はセイジさんのことを悪く思えなかった。悲しいだけだった。

今、病院で一人苦しんでいるセイジさんのことが、ただ悲しかった。あのきらきらした目って、実はクスリのせいだったのかなとはじめて気づいて、もっと悲しくなった。

だから、サンペイ君にそれ以上のことは聞かなかった。

サンペイ君ももう自分から話すことはなかったから、午後からのコイ釣りも、午前中と同じでただひたすら待つだけのものになった。

退屈だった。

その退屈が嫌ではなかった。

小学校時代が終わって、まだ中学生ではなく、隣にはサンペイ君がいて、セイジさんとするはずだったコイ釣りをしている。

充分だと思った。目頭が熱くなるくらい、これでいいのだと思った。

太陽が低く、赤くなっていた。

雲はますます速かった。

立て掛けてある博士の竿がぴくんと震えた。

はじめてのアタリに戸惑いながら、博士は竿をとった。

いきなり強烈な引きがあった。体ごと持って行かれそうな衝撃を感じて、博士はまだ冷たい水の中に足を踏み込んだ。

竿を引き、緩め、リールを巻き、少しずつ手元にたぐり寄せた。同時に、博士の方もたぐり寄せられて、どんどん深みへと導かれた。

六十センチ枠の大きなタモ網を持って、サンペイ君が続いた。

そいつがはじめて水面に姿を見せた時、博士は腰を抜かしそうになった。

大きかった。とにかく大きかった。都川の主だと言われても信じるくらいだった。ぜったいに一メートルはあった。

サンペイ君が両手でしっかりとタモ網を握り、上手にすくい上げた。体を二つに折っても、まだはみ出した。

水面から上げようとして、サンペイ君は体勢を崩した。

網から飛び出したコイが大きく跳ねて、糸が切れた。そして、そのまま上流に泳ぎ去った。

呆然《ぼうぜん》と立ちつくし、魚影が消えるのを見つめていた。

「ハカセ君、追いかけるのだよ」タモ網を握りなおしたサンペイ君が、突然、大声をあげた。

そして、下流に向かって、走り始めた。腰までの水に邪魔されながらも、走り続けた。

そっちじゃない、と言いかけて、やめた。

そのかわりに、釣り竿を投げ捨て、サンペイ君の背中を追った。

水が冷たかった。

光る雲が西日に向かって飛び込むみたいに流れていた。

そして、ぼくはここにいるのだ、と思った。

解　説

池上冬樹

およそ四年ぶりに読み返して、新鮮な印象をもった。四年前よりもいちだんと鮮やかな印象すら覚えたといっていい。なぜだろう。

これはこの小説に限ったことではないけれど、おそらくは、どうしても一回目のときは、ストーリーやキャラクターに引っ張られ、細部まで目が行き届かなくなるからではないか。もちろんきちんと読んでいるし、作者が何を書かんとしているかは見極めているつもりでも、どうしても読者は、知らず知らずのうちに定められた（制度化された）読み方をしてしまうし、そこから自由になれない。

たとえばミステリなら、フーダニットやホワイダニットやサスペンスやどんでん返しを求めてしまうし、青春小説や恋愛小説なら、図式化された人間ドラマを求めてしまうし、市井ものの時代小説なら温かな人情話を求めてしまう。つまりジャンル小説はそういうものだと思われているし、実際そういう要件を満たすものが普通だからである。

つまり読者というのは、何々小説というジャンルのなかにあふれている、よくあるパターンを求め、そこに安住してしまいがちなのである。もっというなら、そんな制度化された読み方や定型化した欲望を疑ってかからずに、自分の無意識の願望（それは外から枠にはめこまれた物語への欲望）を求めて、それに外れる作品を排除してしまいがちである。

さて、川端裕人である。川端裕人は、よくいえば異色である。悪くいえばへそ曲りで、読者のそんな欲望に答えることをあまりしない作家だった。少なくとも本書『今ここにいるぼくらは』が出るまでは、微妙に読者の欲望を外していた。ロケットに夢を託した青春を描くサスペンス『夏のロケット』でデビューし、国際金融サスペンス『リスクテイカー』、ネット社会の落とし穴を描くサイバー・ミステリ『The S. O. U. P.』、主夫生活を愉しく捉えた家族小説『ふにゅう』など次々にジャンルを広げてきたけれど、読者の欲望を充足する、いわゆる定型化されたジャンル小説を書いてこなかった。

国際金融サスペンス『リスクテイカー』とサイバーミステリ『The S. O. U. P.』がいい例だが、情報が過剰で、設定も複雑で、キャラクターに感情移入して読ませる手法をとらないからである。精緻《せいち》に構築された独特な世界観で人を惹きつけるものの、人間ドラマにはあまり関心をもたない。それでも、家族小説『ふにゅう』などは、主人公の苦悩を明るくユーモラスに点綴《てんてい》して読者を快くもてなしており、とても気持ちよく読めるし、後味もよかった。

それは本書『今ここにいるぼくらは』にもいえるだろう。ある種のエンターテインメントの作法にのっとって書いているのだが、ただしここでも、異色作家の特色が出ていて、すこし変わった構成を採用している。

一言でいうなら、本書は少年小説である。小学生の大窪博士《ひろし》を主人公にした短篇が七作並ぶが、特徴的なのは、連作なのに編年体ではないことである。

具体的に紹介するなら、小学一年の夏に博士は川の源流をめざし（Ⅰ「ムルチと、川を遡る」）、五年の秋に友人のサンペイ君と池の主を釣ろうとし（Ⅱ「サンペイ君、夢を語る」）、四年の夏に妹と山でオニババと出会う（Ⅲ「オオカミ山、死を食べる虫をみる」）。六年の夏には宇宙人とUFOに思いをはせ（Ⅳ「川に浮かぶ、星空に口笛を吹く」）、三年の春に関西から関東に転校してきて言葉（方言）の壁にぶつかり（Ⅴ「影法師の長さが、すこし違う」）、六年の秋に転校してきた同級生に惹かれ（Ⅵ「山田さん、タイガー通りを行く」）、六年の冬にみんなと卒業を迎え、自由について考えるのである（Ⅶ「王子様が還り、自由の旗を掲げる」）。

小学一年の夏→五年の秋→四年の夏→六年の夏→三年の春→六年の秋→六年の冬という風に時期がバラバラに並べてある。連作を時系列に並べ替えるなら、「ムルチと、川を遡る」→「影法師の長さが、すこし違う」→「オオカミ山、死を食べる虫をみる」→「サンペイ君、夢を語る」→「川に浮かぶ、星空に口笛を吹く」→「山田さん、タイガー通りを行く」→「王子様が還り、自由の旗を掲げる」となる。この順序で読めば、博士を中心としたクラスの人間関係の進展、つまり友情の歴史がよりはっきりと見えてくることになる。釣り好きのサンペイ君、意地悪な福ちゃん、正しく元気な小林委員長（後のマキちゃん）などの関係がどのように変化していくのかもわかるのだが、作者はクラスの人間関係に重きを置いていない。そのようなクロニクルで刻印される「成長」を正面から捉えようとしないのだ。

ではいったい、なぜそのようなバラバラな並べ方をしたのか。何を捉えようとしているのか。

おそらくは博士が経験する事実を直接的に伝えたかったのだろう。源流体験の昂奮と驚き、動物と人間の死を目撃することの恐怖など、未知なるものとの出会いと対峙をより強く伝えたいために時系列という選択をとらなかったのではないか。時系列にすれば出会う事実の衝撃が弱くなる。成長のひとこまというストーリーのなかに組み込まれて、どうしたってそれまで主人公に関わってきた友人や親族を出さざるをえなくなり、新鮮味がなくなってしまう。

もちろん本書の場合、自分の居場所探しというテーマとの関係も大きいだろう。作者の主眼は少年の成長よりも居場所探しにあるといっていい。

というと、小学生の居場所探し？　川で遊び、釣りをし、ＵＦＯに期待する話のどこに？　と思うかもしれない。しかし読んでいるとまったく既視感はない。まさに初めて立ち会ったかのように、僕らは少年たちの日々を味わう。もう一度過去へと戻り、その時々に感じた不安と充足感を思い出し、無垢なまま味わうべき体験があることに気づくのである。博士の体験が心の奥の記憶を喚起させるのだ。それほど作者の筆致は繊細で、力強い喚起力にみちている。

ともかく、ストーリーではない。何かしらここに停滞している、鬱屈《うっくつ》している、愛をもつ者たちの羽ばたく以前のためらいを捉えていると見るべきだろう。たちどまって、見つめること。そのときの戦《おのの》きや不安といったものがここでは重要視されているのである。文中の言葉をかりるなら、それぞれの〝居場所〟を見つけようとしているのである。

いつかきみが出会うものと、ぼくがこれまでに出会ったもの。それらは、つながっているような気がする。すべての川を束ねる海まで下らなくても、ぼくたちは同じ水脈の中にいるんだからね。

だから、ぼくはお節介にもきみに囁きかけるんだよ。

ぼくたちは一人ぼっちだ。それも悪くない。

（「影法師の長さが、すこし違う」）

まさに本書の博士の物語は、〝同じ水脈の中にいる〟ことを瑞々《みずみず》しく感得させてくれる。だから逆説的に〝ぼくたちは一人ぼっちだ。それも悪くない〟と続いても、納得するのである。繫がりあいながらも、生の基本の孤独さ、生き抜く上で必要な強さを思い知るからだ。本書『今ここにいるぼくらは』が見事なのは、あえてそのような豊かな孤独に焦点をあてて、生きる力を醸しだしていることだろう。

なお、余談になるが、川端裕人には、同じように少年たちを主人公にした『川の名前』という作品がある。これは本書の単行本の一年前に上梓された小説で、少年たちによる川をめぐる冒険を描いていて、そこでは少年たちがある動物と出会うことになる。その動物が何かはここではあかせない。本書の姉妹篇としてぜひ読まれたい。

なお、余談ついでにもうひとつ。これは四年前、新聞の書評にも書いたことだが、本書を読みながら、僕は過去に読んだ名作たちを思い出した。個人的な見方になるが、文学的には、少年が原初的な風景を心に刻み込む点で、ヘミングウェイのニック・アダムズものや、小川国夫の柚木浩もの（『生のさ中に』）、ロバート・マキャモンの『少年時代』を思い出した。ミステリの名作という点では、今年翻訳されたジョン・ハートの『川は静かに流れ』という傑作もある。本書はそれらに連なり、充分に拮抗する新たな標準といえるだろう。

この作品は二〇〇五年七月、集英社より刊行されました。

集英社文庫　目録（日本文学）

加納朋子　レインレイン・ボウ
加納朋子　七人の敵がいる
下野康史　「運転」 アシモからジャンボジェットまで
鎌田實　がんばらない
鎌田實／高橋卓志　生き方のコツ 死に方の選択
鎌田實　あきらめない
鎌田實　それでもやっぱりがんばらない
鎌田實　ちょい太でだいじょうぶ
鎌田實　本当の自分に出会う旅
鎌田實　なげださない
鎌田實　たった1つ変わればうまくいく 生き方のヒント幸せのコツ
鎌田實　いいかげんがいい
上坂冬子　あえて押します 横車
上坂冬子　上坂冬子の上機嫌 不機嫌
上坂冬子　私の人生 私の昭和史
加門七海　蠱《こ》

加門七海　うわさの神仏 日本闇世界めぐり
加門七海　うわさの神仏 其ノ二 あやし紀行
加門七海　うわさの神仏 其ノ三 江戸TOKYO陰陽百景
加門七海　うわさの人物 神霊と生きる人々
加門七海　怪のはなし
香山リカ　NANA恋愛勝利学
香山リカ　言葉のチカラ
川上健一　宇宙のウインブルドン
川上健一　雨鱒の川
川上健一　ららのいた夏
川上健一　跳べ、ジョー！ B・Bの魂が見てるぞ
川上健一　ふたつの太陽と満月と
川上健一　翼はいつまでも
川上健一　虹の彼方に
川上健一　BETWEEN《ビトウイン》 ノーマネーand能天気
川上健一　四月になれば彼女は

川上健一　渾身
川上弘美　風花
川島隆太／藤原智美　脳の力こぶ 科学と文学による新「学問のすゝめ」
川西政明　渡辺淳一の世界
川端康成　伊豆の踊子
川端裕人　銀河のワールドカップ
川端裕人　今ここにいるぼくらは
川端裕人　風のダンデライオン 銀河のワールドカップ ガールズ
姜尚中　在日
姜尚中／森達也　戦争の世紀を超えて その場所で語られるべき戦争の記憶がある
木内昇　新選組 幕末の青嵐
木内昇　新選組裏表《うらうえ》録 地虫鳴く
岸田秀／町沢静夫　自分のこころをどう探るか 自己分析と他者分析
北杜夫　船乗りクプクプの冒険
北方謙三　逃《の》がれの街
北方謙三　弔《ちょう》鐘《しょう》はるかなり

集英社文庫　目録（日本文学）

集英社文庫　目録（日本文学）

北方謙三　楊令伝　九　遥光の章
北方謙三　楊令伝　十　坡陀の章
北方謙三　楊令伝　十一　傾暉の章
北方謙三　楊令伝　十二　九天の章
北方謙三　楊令伝　十三　青冥の章
北方謙三　楊令伝　十四　星歳の章
北川歩実　金のゆりかご
北川歩実　もう一人の私
北川歩実　硝子のドレス
北村　薫　ミステリは万華鏡
北森　鴻　メイン・ディッシュ
北森　鴻　孔雀狂想曲
木村元彦　誇り　ドラガン・ストイコビッチの軌跡
木村元彦　悪者見参
木村元彦　オシムの言葉
京極夏彦　どすこい。

京極夏彦　南極。
桐野夏生　リアルワールド
桐野夏生　I'm sorry, mama.
桐野夏生　I N
草　薙　渉　草小路弥生子の西遊記
草　薙　渉　第8の予言
工藤直子　象のブランコ ——とうちゃんと
邦光史郎　坂本龍馬
邦光史郎　利休と秀吉
熊谷達也　ウエンカムイの爪
熊谷達也　漂泊の牙
熊谷達也　まほろばの疾風《かぜ》
熊谷達也　山背郷
熊谷達也　相剋の森
熊谷達也　荒《あら》蝦夷《えみし》
熊谷達也　モビィ・ドール

熊谷達也　氷結の森
倉阪鬼一郎　ブラッド
倉阪鬼一郎　ワンダーランドin大青山
栗田有起　ハミザベス
栗田有起　お縫い子テルミー
栗田有起　オテルモル
栗田有起　マルコの夢
黒岩重吾　女の氷河(上)(下)
黒岩重吾　落日はぬばたまに燃ゆ
黒岩重吾　黒岩重吾のどかんたれ人生塾
黒岩重吾　闇の左大臣　石上朝臣麻呂
黒木　瞳　母の言い訳
見城　徹　編集者という病い
小池真理子　恋人と逢わない夜に
小池真理子　いとしき男《アダム》たちよ
小池真理子　あなたから逃れられない

集英社文庫　目録（日本文学）

小池真理子　悪女と呼ばれた女たち
小池真理子　蠍《さそり》のいる森
小池真理子　双面の天使
小池真理子　死者はまどろむ
小池真理子　無伴奏
小池真理子　妻の女友達
小池真理子　ナルキッソスの鏡
小池真理子　倒錯の庭
小池真理子　危険な食卓
小池真理子　怪しい隣人
小池真理子／藤田宜永　夫婦公論
小池真理子　律子慕情
小池真理子　短篇セレクション サイコ・サスペンス篇I　会いたかった人
小池真理子　短篇セレクション 官能篇　ひぐらし荘の女主人
小池真理子　短篇セレクション 幻想篇　命日
小池真理子　短篇セレクション ミステリー篇　泣かない女

小池真理子　短篇セレクション ノスタルジー篇　夢のかたみ
小池真理子　短篇セレクション サイコ・サスペンス篇II　贅肉
小池真理子　肉体のファンタジア
小池真理子　柩《ひつぎ》の中の猫
小池真理子　夜の寝覚め
小池真理子　瑠璃の海
小池真理子　虹の彼方
小池真理子　午後の音楽
小泉喜美子　弁護側の証人
小泉武夫　うわばみの記
河野啓　よみがえる高校
河野美代子　新版 さらば、悲しみの性 高校生の性を考える
河野美代子／永田由紀子　初めてのSEX あなたの愛を伝えるために
五條瑛　プラチナ・ビーズ
五條瑛　スリー・アゲーツ
御所見直好　誰も知らない鎌倉路

小杉健治　絆
小杉健治　二重裁判
小杉健治　汚名
小杉健治　裁かれる判事
小杉健治　夏井冬子の先端犯罪
小杉健治　最終鑑定
小杉健治　検察者
小杉健治　殺意の川
小杉健治　宿敵
小杉健治　特許裁判
小杉健治　不遜な被疑者たち
小杉健治　それぞれの断崖
小杉健治　江戸の哀花
小杉健治　水無川
小杉健治　黙秘 裁判員裁判
小杉健治　疑惑 裁判員裁判

集英社文庫　目録（日本文学）

集英社文庫

今《いま》ここにいるぼくらは

2009年5月25日　第1刷
2012年8月11日　第2刷

定価はカバーに表示してあります。

著　者　川端裕人《かわばたひろと》

発行者　加藤　潤

発行所　株式会社　集英社
東京都千代田区一ツ橋2-5-10　〒101-8050
電話　03-3230-6095（編集）
03-3230-6393（販売）
03-3230-6080（読者係）

印　刷　凸版印刷株式会社

製　本　凸版印刷株式会社

フォーマットデザイン　アリヤマデザインストア　　マークデザイン　居山浩二

ISBN978-4-08-746435-1 C0193